Michael K. Jungmann

Helmuts schlaue Strategie

- Zwei Geschichten -

Widmung

*Mein besonderer Dank
gilt Herrn
Jochen-Georg Miche
für seine großartige
Unterstützung.*

Michael K. Jungmann

Helmuts schlaue Strategie

- Im Internet ist alles billiger -
&
- Helmut auf Geschäftsreise -

Belletristik, Geschichte, Anno 2020

Deutschland, Sachsen-Anhalt, Mansfeld-Südharz, Tilkerode

Impressum

Bibliografische Information der Deutschen Nationalbibliothek: Die Deutsche Nationalbibliothek verzeichnet diese Publikation in der Deutschen Nationalbibliografie; detaillierte bibliografische Daten sind im Internet über dnb.d-nb.de abrufbar.

TWENTYSIX – der Self-Publishing-Verlag
Eine Kooperation zwischen der Verlagsgruppe Random House und BoD – Books on Demand

© 2020 Jungmann, Michael K.

Herstellung und Verlag:
BoD – Books on Demand, Norderstedt

ISBN: 978-3-7407-7017-4

Schriftart: Gisha, Größe: 11,0

Homepage: www.buchscheibe.eu

Inhaltsverzeichnis: Erste Geschichte

- Im Internet ist alles billiger -

Kapitel	Szene	Seite
K 1	Im Internet ist alles billiger	7
K 2	Helmut übernimmt selbst das Wort	9
K 3	Einen Mann im Bus gesehen	10
K 4	Die Mission: eine Uhr kaufen	12
K 5	Der Hinweg, und beim Juwelier	16
K 6	Die Uhr zu Hause im WEB suchen	29
K 7	Im Internet viel billiger gefunden	33
K 8	Lieferung erwarten, Laden/Imbiss	39
K 9	Die Uhr endlich geliefert	49
K 10	Uhr kaputt, zum Uhrenladen	51
K 11	Als Retour-Sendung zur Post	58
K 12	Uhr umgetauscht/Angebot Juwelier	62
K 13	Neue Uhr vom Juwelier gekauft	68
K 14	Plan X umsetzen, Auftritt im Bus	74
K 15	Alles nur geträumt/neue Idee	80
	ENDE	83

Inhaltsverzeichnis: Zweite Geschichte

- Helmut auf Geschäftsreise -

Kapitel	Szene	Seite
K 16	Aufforderung zum Hartz4-Kurs	89
K 17	Die geplante Strategie	93
K 18	Helmut macht sich salonfähig	96
K 19	Auf dem Weg zum Bus	100
K 20	Eine sinnvolle Stunde zu früh dort	105
K 21	Beginn der Hartz4-Maßnahme	109
K 22	Das erste Problem	115
K 23	Das Kantinenessen bestellen	120
K 24	Helmuts Schlaucherstrategie	124
K 25	Der richtige Trick	126
K 26	Der Kleinbaggerfahrer	133
K 27	Feierabend und Licht aus	135
K 28	Busfahrt nach Hause	138
K 29	Prüfungstag beginnt	143
K 30	Helmut wurde durchschaut	156
K 31	Die unangenehme Abrechnung	159
	Autorenvita	167

Kapitel 1

Im Internet ist alles billiger

Ein lebenserfahrener Mann namens Helmut F. sucht zu Weihnachten ein sehr schönes und besonderes Geschenk für sich selber. Er befindet sich in einer Lebensphase, vielleicht nur wenige Jahre von seiner wohlverdienten Frührente entfernt.
Helmut ist zur Zeit gerade allein lebend, und mit dem Rest seiner kleinen Familie besteht ein gegenseitiges Abkommen (das hatten sie einmal vor vielen Jahrzehnten getroffen), sich grundsätzlich nicht mehr Weihnachten zu beschenken. Seitdem feiert auch jeder das Fest nur für sich allein, weil es sich genau aus diesem Grunde für niemanden mehr lohnt, den anderen der Familie zu besuchen, um all die nutzlosen Geschenke auszutauschen.
So kann sich Helmut F. das ganze eingesparte Geld für all die unzähligen, unbrauchbaren und kitschigen Geschenke einsparen, und stattdessen darf er nun großzügig in sich selber investieren.
Helmut F. ist mit seinen reifen Jahren ein altersgerechter Mensch, er achtet sehr auf sein Äußeres, und seine Kleidung, die er trägt, besteht grundsätzlich nur aus Markenprodukten.
Ihm sind selbstverständlich auch die dezenten Kleinigkeiten sehr wichtig, mit denen er sich reichlich schmückt.

Dazu gehören zum Beispiel das Tragen einer auf den ersten Blick unscheinbaren, aber sehr wohl entsprechenden Halskette aus Gold!
Helmut kombiniert alles gerne mit seinen goldenen Manschettenknöpfen an den Stecken, die ihm immer zufällig aus dem Ärmel schauen, dazu noch die prunkvolle Krawattennadel und diverse Ringe, die sich an all seinen Fingern aneinanderreihen. Er spielt es gerne aus und genießt es im Geheimen, dass man an ihnen einen gewissen „versteckten" Luxus erkennt. Daher auch sein dezent-teurer parfümbedingter Geruch, der keiner geschulten Nase entgehen soll.

Es handelt sich hierbei um den Duft einer berühmten Nobelmarke, aber dieses weiß natürlich nur ein wahrer Kenner zu schätzen. Für den nicht wissenden Rest der Menschen reicht es ohnehin aus, die wohlverdiente Aufmerksamkeit auf diese Art und Weise zu erlangen.

O.k., sein Parfüm ist zwar nicht direkt von dem berühmt-berüchtigten Hersteller, aber das weiß ja niemand. Das Parfüm hatte er nämlich billig von einer Firma im Internet erstanden, die eben auf dem europäischen Markt noch nicht ganz so bekannt ist, aber hierzulande mit Sicherheit bald schon ganz groß expandieren wird. Das versicherte man ihm jedenfalls hinter vorgehaltener Hand am Telefon, und darum investierte Helmut auch gleich in ein paar Liter von diesem exquisiten Duftwasser und betrachtet diese Investition als eine Art „Kapitalanlage".

Helmut ist schlau, er denkt voraus und weiß Bescheid, er ist ein Schnäppchen- und Internetjäger ohnegleichen. Und wenn er sich wieder salonfähig und stilgerecht für den Auftritt im öffentlichen Leben angekleidet hat, weil er sich eventuell gleich wieder auf die tägliche Schnäppchenjagd begibt, betrachtet er sich meistens noch einmal zur Endkontrolle in seinem großen Garderobenspiegel neben der Ausgangstür. Schnell wird noch einmal mit der guten Krawatte seine Designer-Sonnenbrille geputzt, damit die Initialen des bekannten Brillenherstellers deutlich sichtbar sind, zumindest für denjenigen, der ein Auge dafür hat.

Zu guter Letzt schlüpft er schnell mit Hilfe seines langen Schuhanziehers in seine italienischen Schuhe hinein. Jetzt steht ihm also nichts mehr im Wege, sich diskret und unscheinbar unter die Menschen zu mischen.

Kapitel 2

Liebe Leser,
warum reden wir eigentlich über den Helmut?
Ich finde, dass er für sich selber sprechen kann, oder?
Darum möchte ich gern das Wort direkt an Helmut übergeben. Er packt das schon!

Helmut:
„Dankeschön, von jetzt an werde ich hier also selber für mich sprechen."

So, und wenn ich vor dem Spiegel stehe, dann ist es nur die letzte Kontrolle vor meinem persönlichen Auftritt in der Öffentlichkeit.

Das ist doch völlig normal, das macht doch wahrscheinlich jeder so, oder?
Aber wenn ich mir einen zweiten Blick in den Spiegel gönne, mal ganz davon abgesehen von meiner teuren und knitterfreien Bundfaltenhose, die mir sofort gerade auf beeindruckende Weise ins Auge fällt, überkommt mich ein kleiner Schauer des Unbehagens.

Denn immer wenn ich meinen linken Arm einfach mal nach unten hängen lasse und nur leicht etwas schüttle, vermisse ich was sehr Gravierendes am Handgelenk, direkt über den Goldringen an den Fingern. Nämlich etwas relativ Gewichtiges, was mir sozusagen zuvor nie so wirklich aufgefallen ist!

Kapitel 3

Erst gestern hatte ich einen sehr elegant und teuer gekleideten Mann gesehen, der stand anfangs eher unscheinbar im Bus, obwohl noch einige Sitzplätze frei waren.
Genial, er stand an der Haltestange, wahrscheinlich nur aus diesem Grunde, dass entweder seine Markenhose beim Sitzen nicht so zerknittert wird, oder aus Angst, dass sich die Effektivität seines Auftrittes im Bus um vieles reduzieren würde, wenn er sich hingesetzt hätte.

Dieser Mann hielt sich mit der rechten Hand an der Haltestange auf Augenhöhe fest, und seine Ringe an den Fingern sahen wie eine bedrohliche goldene Zahnreihe aus, die sofort zubeißt, wenn man sich ihr auch nur nähert, oder gar ebenfalls die Stange mitbenutzen will.
Er ließ dabei seinen linken Arm ganz gerade nach unten hängen, so dass seine dicke goldene Armbanduhr sichtbar bis auf sein Handgelenk herunter rutschte.
Die Ärmel des Sakkos waren nicht zu lang gehalten, damit man das Szenario unverdeckt beobachten konnte.
Mir fiel die Kinnlade auf meinen Brustkorb. Das war echt die Krönung: Eine teure Markenuhr, die völlig unerwartet, wie ein Trumpf, aus dem Ärmel rutscht und ihn als Person sehr erheblich aufwertet.
Wenn ich mich jetzt und hier so im Spiegel betrachte, dann fehlt mir eigentlich auch noch genau so eine Uhr an meinem Handgelenk. Diese würde schon ganz schön was her machen. Es wäre so etwas wie eine dezente, aber gleichzeitig optische Brücke zu den Goldringen an meinen Fingern.
Ergo:
„Ich muss unbedingt auch so eine Uhr besitzen!"
Dieser Gedanke schüttet gerade enorm viele Glückshormone in mir aus.
Ich suche also ein tolles Geschenk für mich zu Weihnachten? Und ich weiß jetzt ein Geschenk!

Und wenn ich mich gleich hinaus in den freien Handel begebe, um meine Konsumsause zu tätigen, begegnen mir hier und dort auch andere feine Leute der Gesellschaft, oder, besser ausgedrückt: aus der gehobenen Oberklasse. Man erkennt sich gegenseitig, denn wir sind die zivilisierten Jäger.
Um nicht zu sagen:
„Die skrupellosen Schnäppchenjäger und die großen Macher."

Kapitel 4

So, von nun an habe ich eine wichtige Mission zu erfüllen, und ich sollte natürlich nicht vor lauter Eifer meinen Wohnungsschlüssel vergessen.
Doch ganz ehrlich gesagt, bin ich schon damals nicht dumm auf die Welt gekommen, für diesen Fall habe ich mir sehr günstig, von einer kleinen billigen Firma aus Polen, einen Ersatzschlüssel herstellen lassen, und ließ den versteckt unter meinem Namensschild an die Wohnungstür schrauben.

Das darf natürlich niemand wissen, und ich bat schlauer Weise diese Polen, das Versteck möglichst schnell wieder zu vergessen. Denn sicher ist sicher.

So, ich öffne jetzt schon mal die Tür, knipse das Licht im Korridor aus und schließe die Tür leise von außen zu. Leise aus dem Grunde, die Jagd hat für mich begonnen und ich befinde mich jetzt bereits schon auf der Pirsch.

Ich wohne im Parterre eines Mietshauses, und somit brauche nur ein paar Stufen hinunter zu gehen, um die freie Bühne des Lebens zu betreten.

Ärgerlicherweise versperrt mir so ein Zeitungsverteiler derweil sichtlich den Weg zum Ausgang, und da kenne ich gar nichts. Ich warte natürlich diskret auf Distanz auf dem Treppenpodest neben meiner Wohnungstür, bis er alles in den Briefkästen versenkt hat. Natürlich warte ich auch, bis er wieder fort ist, denn ich werde bestimmt nicht mit diesem Dienstboten zusammen aus dem Haus gehen. Vielleicht noch hinter ihm her und soll auch noch „Danke" dafür sagen, dass er mir die Tür aufhalten durfte:

„Nicht mit mir, ich bin auf niemanden angewiesen!"

Also werde ich erst einmal in den Briefkasten schauen, was die Werbung so an brauchbaren Sonderangeboten bietet und was auch die Post Erfreuliches gebracht hat. Denn viel Post zu bekommen, macht einen Menschen nun mal relativ wichtiger, das ist ja wohl jedem bekannt, oder?

Doch dann tritt auch noch nervigerweise der Nachbar mit seinem Fahrrad von außen vor die Glastür und sucht hektisch wie immer in allen Jackentaschen nach seinem Hausschlüssel.

Ich nutze die Gelegenheit und drehe mich ganz schnell um, gehe die Treppe wieder hoch, schließe meine Tür schnell auf und gehe rein, ohne noch einmal nach hinten über die Schulter zu schauen.

Ich knipse also wieder das Licht an und sehe erst mal im Stehen meine Briefe durch. Erblicke auf Anhieb wieder zwei Absagen von Firmen, bei denen ich mich bewerben musste. Und es ist auch wieder mal eine Einladung vom Hartz IV-Amt zu einem Gespräch dabei.
So ein ärgerlicher Brief des Amtes wird natürlich gleich von mir ungeöffnet entsorgt! Wahrscheinlich ist denen meine Miete zu teuer, darum geht es in den letzten Monaten dauernd hin und her. Sie können einfach nicht einsehen, dass ich nun mal einen gewissen Lebensstil und einen gehobenen Standard zu halten habe. Ich brauche nun mal mindestens meine Dreizimmerwohnung, denn ich benötige mein Büro, das Wohnzimmer und ein Schlafzimmer. Das müsste doch eigentlich zur Grundausstattung einer jeden Wohnung gehören, ich bin doch kein Höhlenmensch, der in einem Loch dahinvegetiert, nur, weil es all die anderen tun.
Oh, wie spät ist es eigentlich? Da ich noch immer keine Armbanduhr besitze, muss ich extra mit aufwändiger Mühe mein Handy aus der Hosentasche holen, muss also noch die Briefe und den Schlüssel erst mal wieder aus den Händen legen, um die Echt-Leder Hülle zu öffnen und das Handy einzuschalten; ich kann die kleinen Zahlen sowieso nicht richtig lesen.
Also hole die Lesebrille aus der Westentasche und muss auch meine Sonnenbrille wieder absetzen und dort hinlegen, wo Platz ist. Danach muss ich mit beiden Händen meine Tastensperre bedienen. Das alles nur für einen so kurzen Augenblick, und danach den ganzen Ablauf wieder rückwärtig tätigen.

Das ist unerhört umständlich und kein zu erduldender Zustand mehr für jemanden, für den die Zeit „Viel Geld" bedeutet!

Wieso habe ich eigentlich noch keine Armbanduhr? Das ist doch hochgradig verantwortungslos.

Ich verspüre nunmehr einen gewissen Zugzwang nach draußen, um mir endlich bei diesem großen Problem Abhilfe zu schaffen.

Ich gehe jetzt raus und knipse wieder das Licht aus, schließe die Tür ab und werde einfach gezielt irgend einen Uhrenladen ansteuern, egal, wer sich mir in den Weg stellt, ob es der Nachbar oder der Zeitungsbote ist.

Oder besser würde die ganze Aktion natürlich klingen, wenn ich in ein großes, angesehenes Juweliergeschäft einkehre?

Ja, zum „Juwelier", das klingt viel besser und ist meinem Niveau entsprechender.

Bei diesem erhabenen Gedanken ist mir schon gleich etwas wohler zumute.

Ich starte meine große Mission mit dem zweiten Anlauf, und stehe erneut voller Entsetzen vor der Treppe meiner großen Karriere.

„Aber das gibt's doch nicht, der direkte Weg zum Ziel ist mir immer noch verwehrt!"

Der Nachbar steht noch bei halb geöffneter Haustür davor und redet unentwegt mit irgendeinem anderen da draußen.

Ich gehe nun fest entschlossen und sehr zügig die Treppe hinunter, geradewegs auf diesen Untermenschen von Nachbarn zu, damit er mir schnell den Weg nach draußen frei macht!

Doch dieser Ignorant begreift meine Strategie einfach nicht, nimmt unverschämterweise nur wenig Notiz von mir. Also zwänge ich mich notgedrungen zwischen der Tür und den beiden durch und werde auch noch freundlich gegrüßt. '*Was haben die für ein Glück, dass ich nicht nachtragend bin.*'
Einer von denen fragt mich irgendetwas von der Seite, aber ich habe da so meine Tricks parat.
Ich spreche nicht und tippe mit dem linken Zeigefinger zwei Mal auf meine linke Wange.
Der Nachbar sieht das und glaubt es mit einem *„Ach so"* und einem deutlichen Kopfnicken zu verstehen.
Er hebt sogar seinen Zeigefinger dabei hoch.
Jäh..! Hindernis überwunden, der Weg ist frei und ich eile in der Mitte meines Fußweges in die Richtung zur nächsten Einkaufsstraße!

Kapitel 5

Ich kann aus der Ferne schon das Ticken meiner Uhr vernehmen, und gar nichts kann mich mehr aufhalten! Außer die letzte Hürde des Weges, eine Ampel. Es stehen viele Fußgänger eng aneinander geschart davor, und sie alle stehen mir definitiv im Wege. Ich drängle mich bis nach vorne durch. Die Autos rauschen knapp an mir vorbei. Ich kann jetzt also nicht einmal bei „Rot" über den Fahrdamm laufen, weil rot für mich nicht unbedingt auch „Rot" bedeutet, wie für all die Anderen. Ich bin nun mal kein Rudeltier.

Beim Abwarten brodelt plötzlich in mir das unbehagliche Gefühl, als wollen all die Menschen hinter mir ebenfalls zum Uhrenladen auf der anderen Straßenseite, und es gibt vielleicht nur noch eine einzige goldene Armbanduhr, die dort zum Verkauf steht. Mir scheint es plötzlich, als gehe es hier um Leben und Tod!
Doch endlich, die Ampel zeigt mir „Grün", und ich eile unverzüglich los! Das war ein guter Start, und ich schlage forschen Schrittes mit den Armen bei jedem Schritt nach hinten, so dass mich niemand ungeschlagen einholen kann.
Aber drüben auf der anderen Straßenseite befinden sich zwei kleine Uhrenläden, und beide befinden sind nicht weit voneinander entfernt. Nehme ich nun den linken oder den rechten Laden? Ich muss mich jetzt schnell entscheiden! Der siegessichere Weg leitet mich instinktiv zum rechten Laden.
Jedoch ist das hier, ganz ehrlich gesagt, irgendwie nicht das richtige Milieu für meine Investitionen, denn es sieht hier alles etwas schäbig und überlaufen aus. Glasscherben auf dem Boden, und ich wittere bereits einen gewissen Geruch von Urin. Und wer dort ins Geschäft hinein geht, erweckt eher den Anschein, als würde er Omas Hinterlassenschaften verhökern wollen, obwohl sie noch lebt und zurzeit gerade nur im Urlaub ist. Doch dann fällt mir zum Glück noch unmittelbar vor der Ladentür ein:
Schnell zwei Mal um die Ecke gehen, da gibt es ein ganz großes und anspruchsvolles Juweliergeschäft!

Richtig, da wollte ich ja auch ursprünglich hin. Also mache ich wieder einen eleganten Schlenker von der Ladentür weg, so dass trotzdem niemand eine Chance bekommt, mich einzuholen, und folge schon längst zielstrebig dem rechten Weg zur ersehnten Juwelieroase. An liebsten würde ich losrennen. Schon nach kurzer Zeit kann ich von weitem das Geschäft mit den zwei großen Schaufenstern erkennen.
Hell beleuchtet, Glanz und Gloria erwarten mich, und die Werbeschilder bekannter Nobelfabrikate stehen gut beleuchtet von der Wand ab, als hielten sie schon Ausschau nach mir. Ein paar Menschen stehen wie hochbezahlte Statisten am Schaufenster unter der gelben Markise. Ihre Gesichter werden angestrahlt vom Licht, und sie träumen alle wie erstarrt ins Fenster hinein und bestaunen die Uhren, Ringe, Ohrringe und den glitzernden, hinter der Panzerglasscheibe zur Schau gestellten Schmuck.
Ich glaube, das wird jetzt wieder mein ganz persönlicher Auftritt werden, und es gibt mir wieder so ein bestätigendes und wohlverdientes Gefühl, wieder über allem zu stehen. Ich sage kurz und laut, mit meinem vorgestreckten Arm:
„Vorsichtig bitte.- Achtung!"
Ich ersuche zwischen den Menschen den Eingang. Sie schauen mich in diesem wichtigen Moment alle groß an, und nur ich öffne bei lautem Schellen die Tür des Tempels, und ich betrete das Reich der Träume.

Es scheint mir so, als wenn die ganze Menschheit den Atem anhält, sie guckt nur, aber ich bin derjenige, der wirklich handelt, diesen wichtigen Schritt tätigt. Ein richtiger Macher! Wie als jener, von der Menschenmasse erkoren, flaniere ich durch das Geschäft. Fühle mich wie ein Promi auf einer Gala, welcher über den roten Teppich entlang stolziert. Ich werde angemessen höflich von einem sehr couragierten Verkäufer, und dazu auch noch sehr würdevoll empfangen.

Das hat dieser Mensch gut gemacht, und sollte ich mal in der entsprechenden Position sein, werde ich diesen Herren bestimmt auch gerne weiter empfehlen.
Ich drehe noch einmal kurz meinen Kopf über die linke Schulter und sehe die vielen Augen der Zaungäste durch das Schaufenster, als mich im gleichen Moment mein Verkäufer vorsichtig anspricht. Ach so, ich war gemeint, selbstverständlich gibt es hier ja keine Wartezeiten für mich und nehme jetzt wieder Blickkontakt zu meinem bereitstehenden Verkäufer auf. Ich denke dabei:
‚*Warum schaut er mich so fragend an?*
Habe ich etwas nicht mitbekommen?'

Also hole ich erst mal, ohne lange zu zögern, mein Handy aus der Tasche; er soll ruhig sehen, dass es sich um das neueste Modell auf dem Markt handelt, und erkläre ihm mein Problem mit dem Handy und den kleinen Zahlen der Zeitanzeige.

Da unterbricht mich der Verkäufer mit erhobenem Zeigefinger, mitten in meiner Erklärung, die noch nicht einmal annähernd bei der Pointe angekommen ist. Er hat sofort erkannt, was ich brauche, und fragt mich, ob ich vielleicht eine Uhr suche?

Ich muss sehr tief einatmen, und mein Körper richtet sich dabei regelrecht wieder auf, Glücksgefühle überkommen mich, um dann zeitgleich beim tiefen Ausatmen *„Ja"* zu sagen.

Ich lächle dabei und der Verkäufer lächelt zurück.

Wir sind uns einig, auch ohne viele Worte.
Hier fühle ich mich richtig aufgehoben, das ist meine Welt, die Welt der Versteher.

Und, ganz nebenbei erwähnt, abgesichert ist es hier auch, weil ich auf Anhieb vier Überwachungskameras erkenne. Ich hätte bloß gerne gewusst, wer sich jetzt gerade alles vor den Monitoren drängelt?
So rücke ich noch meine Krawatte zurecht
und kontrolliere schnell noch meine Frisur im Spiegel, der direkt hinter dem Verkäufer hängt.

Der Verkäufer:
„Wenn ich es richtig verstehe, suchen Sie für sich eine Herrenarmbanduhr?
Sie möchten ihren Chronografen sicherlich klassisch, mit Zeigern tragen?"

Ich bin hellauf begeistert, nicke zufrieden mit dem Kopf und lasse ihn weiter raten.

Der Verkäufer:
„Sie tragen eine, ich erkenne eher eine vergoldete Kette und die passenden vergoldeten Ringe dazu. Es sollte folglich bestimmt eine goldfarbene Uhr mit farblich gleichem Armband sein?"

Sein Lächeln lässt nun etwas nach und er wird nachdenklich. Ich spüre, wie er heimlich versucht, mich und meine Kleidung von oben bis unten zu mustern, aber ich habe nichts zu verbergen, und mich angucken ist gerne erwünscht, denn ich trage nur Markenkleidung.

Verkäufer:
„Entschuldigen Sie bitte, darf ich fragen, in welcher Preisklasse sie ihre ersuchte Armbanduhr wünschen?"

Am Ende des Satzes fiel dem Verkäufer endlich wieder ein, eine freundlichere Miene aufzulegen, obwohl es etwas von oben herab aussah, als wenn ich mich hier für die unteren Preisklassen interessieren würde.

Ich sage ihm glatt ins Gesicht, wie es ist:
„Ich suche eine Uhr in der selbstverständlich schon etwas gehobenen, aber eher mittleren Preisklasse. Also so um die 200,- Euro dürfte es schon sein, dazu wäre ich bereit für eine gute Uhr bei Ihnen zu investieren."

Der Verkäufer macht unverständlicherweise ein eher beleidigtes Gesicht, schließt die Vitrine wieder ab und verhält sich plötzlich ziemlich reserviert.

Er spricht daraufhin einen Kollegen an, der gerade etwas gelangweilt eine Vitrine mit einer Flasche Glasreiniger besprüht und sie putzt.
Verkäufer:
„Herr Meier, kommen Sie doch mal her, übernehmen sie bitte mal diesen Kunden für mich und führen ihn, äh, durch `Ihre` Uhrenabteilung. Dort ist mit Sicherheit auch das Richtige für diesen anspruchsvollen Herrn dabei."

Dann macht er eine Handbewegung, gebietet mir Vorrang, und ich gehe im Gefolge des Herrn Meier um die Ecke in eine andere Abteilung des Ladens. Da geht es bestimmt in die Spezialabteilung für, ich sage mal einfach „Erwachsene". Soll ja auch nicht jeder von draußen durch die Scheibe erkennen können, wie und wofür ich mein hochgeschätztes Kapital einsetze.

Ich verspüre irgendwie so ein Hochgefühl, genau so, als sei ich gerade in einer großen Weltbank meines Vertrauens, und man eskortiert mich gerade in den Sicherheitsbereich, zu meinen unzählig gefüllten Schließfächern.

Also, die Uhrenabteilung des Herrn Meier ist gleich links im Gang, und meinem fachlich geschulten Auge entgeht natürlich nicht, dass sich hier die größere Auswahl an Armbanduhren des Geschäftes befindet. Ja, hier könnte ich mir gut vorstellen, schon eher fündig zu werden. Die wissen anscheinend genau, was ein Mann mit Klasse wirklich sucht.

Dann sage ich frei heraus:
"Sag mal, Meier, der Kollege da nebenan, der hat aber nicht so viel Auswahl an Uhren wie du? Der kann sich aber mal eine gehörige Scheibe von dir abschneiden. Sein Chef hat ihn wohl auch schon im Visier? Oder?"
Ich will nach den Kameras an der Decke zeigen, aber hier sind keine zu sehen. Ich sage also:
"Du weißt schon, was ich meine."
Herr Meier:
"Ich bin für Sie der Herr Meier."
Er tippt dabei mit dem Finger auf sein Namensschild und fährt fort:
"Und zur Information, wir bieten dem Kunden in dieser Abteilung die Uhren im zweistelligen und dreistelligen Eurobereich an. Wo werden wir uns bitte hinbewegen, der Herr?"
Dumme Frage, denke ich mir, wenn es im zweistelligen Bereich wäre, würde ich meine Uhren bei Zwinker-Paul im Souterrain kaufen gehen und mich nicht persönlich in ein Juweliergeschäft begeben. Also sage ich zu ihm:
"Herr Meier, es sollte doch schon der dreistellige Bereich sein, wenn wir uns verstehen."
Herr Meier:
"Gute Wahl, wir haben hier für Sie sehr schöne Exemplare für einen Wahnsinns-Angebotspreis im dreistelligen Bereich, wie sie es wünschen, von nur 999,- Euro."

Herr Meier scheint jetzt wahrlich total in seinem Element zu sein und erläutert:

"Das ist ein momentan aktueller Preisnachlass von fast 40% zu dem, was diese noch in der Woche zuvor kosteten! Das ist ein sehr spezielles Angebot, was ich Ihnen da höchstpersönlich unterbreiten darf."

Da sage ich nur:

"Ich muss sagen, diese Uhr beleidigt nicht nur mein Auge, sondern auch meinen Geldbeutel."

Mein Augenmerk zieht mich rüber zu einem Verkaufsständer an der ganz anderen Seite des Verkaufstresens. Ich erkenne da eine goldene Uhr mit einem goldenen Metallarmband, und das Uhrenglas sieht sehr dick und stabil aus.

Ich gehe zielstrebig zu dieser Uhr und tippe mit dem Finger drauf.

Der Meier folgt mir, steht kerzengerade da und schaut dabei schweigend in den leeren Raum.

Mir gefallen die kräftig ausgelegten Zeiger und das mächtige Ziffernblatt, und alles dreht und bewegt sich da drinnen. Es sind ein paar edle Diamanten eingebettet, und die Uhr ist sogar richtig auffällig groß, und wie die glänzt!

Ich frage direkt den Meier, ob ich die mal anprobieren darf, und nehme sie dabei einfach vom Haken des Ständers.

Herr Meier, zur Seite schauend: *"Selbstverständlich, und das Glas ist sogar schon kratzfest, und das Gehäuse komplett vergoldet."*

Der Meier redet jetzt ohne Luft zu holen:
„Die Diamanten sind natürlich exklusiv und aus hochwertigen Ziersteinen, um dieser Uhr natürlich diese edle Optik zu verschaffen. Das ist ein Augencatcher ohnegleichen. Wahrscheinlich genau das Richtige für Sie. In ihr befindet sich ein Laufwerk von höchster Qualität und Präzision, sie ist batteriebetrieben. Und sie ist natürlich eine deutsche Wertarbeit von der Designermanufaktur A2P. (Andy, Pit und Petersen) Sie bekommen selbstverständlich beim Kauf noch eine nagelneue und frische Batterie hinein, dann haben wir, äh, Verzeihung, dann haben Sie erst mal 5 Jahre Ruhe. Und 199,- Euro sind für dieses Statussymbol ein Schnäppchen. Sie erhalten nicht nur die 2 Jahre Werksgarantie, sondern ferner bekommen sie von unserem Hause zusätzlich noch ein Jahr Garantie im Anschluss dazu."

Ich frage den:
„Hat die ein digitales Laufwerk?"

Herr Meier:
„Das entzieht sich jetzt meiner Kenntnis, so etwas habe ich in meinem Laptop, wie ich weiß, aber bestimmt nicht in einer Uhr."

Nun ergreife ich das Zepter:
„Das würde ich aber doch schon etwas genauer wissen. Also, was die Beratung betrifft, müsste doch ein Uhrenverkäufer mit Sicherheit wissen, wie diese paar Uhren hier funktionieren, die er dem anspruchsvollen Kunden verkaufen möchte."

So füge ich noch hinzu:
„Das ist doch wohl das Mindeste, was ich hier erwarten kann."

Jetzt hat er es endlich begriffen, er geht los und fragt den Verkäufer von vorhin. Mal sehen, ob er etwas erfahren kann.

Tja, man muss nur die richtigen Fragen stellen, und schon merken sie, mit wem sie es zu tun haben. Damit haben die wohl nicht gerechnet, die haben mich sicherlich beide ganz schön unterschätzt.

Aha, sein Gespräch ist beendet, und beide schauen mich von weitem an. Jetzt bereut der andere es bestimmt, mich vorhin weggeschickt zu haben, denn der bekommt dafür heute keine Provision von mir.

Der Meier läuft jedenfalls forschen Schrittes wieder zu mir. Herr Meier sagt:
„Es handelt sich bei dieser Uhr definitiv um ein sehr hochwertiges quarzgesteuertes Uhrwerk."

Aha, denke ich und sage:
„Siehste, das ist doch schon mal ein wichtiger Anhaltspunkt. Oder?"

Also, wie gesagt, nun strecke ich meinen Arm mit der Uhr am Handgelenk in Richtung des Verkäufers.

Ich sage zu ihm:
„Das Ding macht doch ganz schön was her und wirkt an mir ja auch sehr elegant. Findest du nicht auch?"

Der Verkäufer dreht den Kopf bei Seite, schaut schnell weg und reagiert nicht.

Ich mache mir diesen Moment zunutze, präge mir
schnell unauffällig den Firmennamen dieser Uhr ein,
aha ne (A2P) und merke mir alle Details, die dafür
erforderlich sind, diese Uhr zu Hause im Internet
wiederzufinden.
Als ich die Uhr vom Handgelenk nehme und sie
wieder in der Hand halte, um das Gewicht zu
schätzen, nimmt er doch wieder Notiz von mir.
Tja, man muss halt an alles denken, der kann noch
was von mir lernen.
Ich zwinkere ihm mit einem Auge zu und sage:
„Ja, Gold hat nun mal sein Gewicht."

Von nun an beginnt mein Teil dieser Jagd.
Nun werde ich mir das Zepter nicht mehr entreißen
lassen, und der Meier wird leider etwas im Regen
stehen müssen. Denn das hier ist meine große
Mission.
Dann sage ich zu ihm mit dem gewissen Pokerface:
*„199,- Euro? Über diesen Preis müssen wir beide
aber noch mal reden, glaube ich. Wie wäre es mit
einem kleinen Nachlass für einen sozusagen guten
Kunden? Ein Profi würde doch bestimmt im Internet
noch einen billigeren Anbieter dieser
A2P-Uhr finden, stimmt´s Meier?"*

Herr Meier:
*„Bestimmt nicht, denn es handelt sich hier um das
neueste Modell aus der Designmanufaktur, und
dieses aktuellste Uhrenmodell ist zurzeit noch
preisgebunden."*

Meier schaut beim Reden auf seine Uhr:
"Günstige 199,- Euro wird niemand zur Zeit unterbieten dürfen, das heißt, bei vielen Anbietern liegt der Preis mit Sicherheit sogar noch höher, und dann kommen ja noch die Versandkosten hinzu."

O.k., jetzt hat er sich verraten, der denkt bestimmt, ich bin so blöd und habe keine Ahnung vom Internet. Von dem werde ich mich nicht klein kriegen lassen, wie der es jetzt gerne hätte. Ich spreche mal Tacheles:

"Also, Meier, hör mir mal gut zu, diese Uhr könnte mir vielleicht gefallen, wenn du sie für mich reservieren würdest, sozusagen in den Einkaufskorb legst. Ich werde hier in dem Laden höchstwahrscheinlich noch mehr investieren, dann komme ich vielleicht sogar nächstes Mal mit meiner kauflustigen und zahlungskräftigen Begleitung hier her. Wenn du verstehst, was ich meine?"

Herr Meier:
"Selbstverständlich, der Herr, aber reservieren brauchen sie die nicht, wir haben noch einige dieser Modelle vorrätig. Bis jetzt hatte sich noch niemand unserer guten Kunden für diese Art Uhr interessiert. Und wie ich vorhin schon sagte, mein Name ist immer noch Herr Meier!"

Ich gebe dem Meier der Form halber die Hand und nicke ihm diskret beim Verabschieden mit dem Kopf zu, wie, als wenn man bei einem erfolgreichen Abschluss eines wichtigen Geschäftes mit seinem guten Namen bürgt.

Schiebe ihm aber noch mit einem Augenzwinkern meine Visitenkarte zu, falls er es sich doch anders überlegt, und bediene mich schnell noch gezielt an einigen namhaften Nobelprospekten. An diese klemme ich jenen Kugelschreiber, den ich mir zuvor vom Verkaufstresen des anderen Kollegen angeeignet hatte.

Dann, nach einer sportlichen Drehung auf der Ferse, gehe ich nun langsam und genüsslich, aufgelegt mit einem überlegenen Gesichtsausdruck, über den roten Teppich zur Tür hinaus.

So sieht ein Sieger aus, und ich genieße die neidischen Blicke der Menschen, die sich immer noch ihre Nasen am Schaufenster plattdrücken.

Kapitel 6

So, meine Damen und Herren, liebe Leser!

Jetzt beginnt die wahre Arbeit eines erfolgreichen Schnäppchenjägers.

Und bereits schon auf dem Nachhauseweg denke ich mir eine passende Strategie aus, wie ich es all den Unwissenden da draußen beweisen werde.

Damit spätestens jeder bis hierher auch weiß, wer ich in Wirklichkeit bin, und was ich tatsächlich so alles drauf habe.

Wäre ich jetzt der Hauptdarsteller in einem Kinofilm, würde ich wahrscheinlich das Supermann-Kostüm tragen. Und von wegen, die Uhr gibt es nicht billiger!

Ich begebe mich jetzt und hier nicht einfach nur auf den Weg nach Hause, sondern ich trage aufrecht und würdevoll die Unterlagen der größten Nobelanbieter bei mir, und der edle Kugelschreiber sagt aus, dass ich gerade schon geistig auf dem höchsten Niveau meine Mission verfolge, und rein von meinem selbstsicheren Gefühl her laufe ich bereits schon erfolgreich auf der Zielgraden entlang.

Wenn ich dagegen all diese armen, unwissenden Menschen hier auf den Straßen betrachte, die mir alle geradewegs entgegen irren, die ihr persönliches Hab und Gut in den kleinen zerreißbaren, viel zu dünnen Apothekentüten aus Polyethylen tragen und alles einfach da hineinzwängen und mit der Werbung von „Gelenkschmerz-Gel" oder „Konzentrations-Kapseln" herumlaufen, würde ich denen am liebsten nur eines auf den Weg geben, nämlich dass sie alle in die falsche Richtung laufen. Alle!

Endlich an meiner Haustür angekommen, wird es gerade schon sehr frühzeitig dunkel, wie ich bemerke.
Ich habe dieses eigenartige Gefühl, als strahle ich göttliches Licht aus. Ich sehe plötzlich überall helles Licht um mich herum!
Oh, „Ach nein", das Eingangslicht hatte sich gerade über mir eingeschaltet.
Zum Glück steht mir auch kein Mensch mehr im Weg herum, wie z.B. der lästige Nachbar es ständig tut.

Während der Nachbar bestimmt noch stundenlang an der Tür sinnloses Zeug gequasselt hat, sind meinerseits auf einer gewissen höheren Ebene wichtige Geschäfte abgelaufen. So ist das Leben! Das sind halt die Dinge, die uns Menschen so großartig voneinander unterscheiden.
Mich überkommt bei diesem schwindelerregenden Gedanken vor lauter Stolz wieder eine Gänsehaut. Und hätte ich einen dritten Arm, müsste er mir den ganzen Tag auf die Schultern klopfen.
Ich schließe mir die Tür auf, halte sie mir offen und stolziere zügig erhobenen Hauptes durch.
In der Wohnung führt mich mein erster Weg schon instinktiv zum Computer, der steht dort präsent wie das Heiligtum auf dem Altar. Ich lege die Geschäftsunterlagen zum späteren Abarbeiten davor. Nun starte ich mit einem gezielten Druck auf die Taste die künstliche Intelligenz. Wenn der Rechner hoch fährt und sich Großartiges auf dem großen Monitor aufbaut, entfaltet sich darauf mein eigenes, selbst erschaffenes Reich. In mir wächst dann immer das Gefühl von Macht, die ganze Welt zu beherrschen, die mir hier zu Füßen liegt, und das alles wird auch noch mit dem glorreichen Klang der Fanfaren aus den Dolby-surround-Lautsprechern untermalt. Mit diesem erhabenen Gefühl geht's für mich ohne Umwege in die Küche zu meinem Kaffee Vollautomaten, um diesen aus seinem Standby zu erlösen und zum Leben zu erwecken. (Aber das ist wirklich kein Billigteil, lasst es euch gesagt sein.)

Voll automatisch wird exakt die passende Menge Wasser für meine Tasse Kaffee direkt aus der Wasserleitung gezogen, wird sogar gleich noch enthärtet, und beim Brühen rauscht und gluckert das Ding sehr laut vor sich hin.
So ein Gerät einer hochwertigen Markenfirma darf auch so einen Lärm machen, es braucht sich hier schließlich vor nichts und niemanden zu verstecken. Endlich lässt die innerliche Spannung in mir nach, als es wieder leiser wird und der Automat nun endgültig schweigt. Es wird seelenruhig im Raume, und bei dem angenehm entspannten Hineinplätschern des Strahles und der letzten Tropfen des flüssigen Schwarzgoldes in meine Tasse überkommt mich plötzlich so ein Wohlgefühl. Es offenbart sich mir die wohlverdiente Belohnung und kündigt sich mit einem herrlichen Duft an. Es fehlt nur noch die zarte Stimme, die jetzt zu mir sagt: *„Großer Helmut, dein Kaffee ist fertig."* Es ist zwar nur eine Maschine, aber mir scheint, als wenn sie mich sehr gut kennt, sie genau weiß, wie ich meinen Kaffee wünsche. Ich habe ihr noch keinen Namen gegeben, aber...? Sie war auch ein Schnäppchen und ist echt ihr Geld wert. Ich greife mir noch schnell eine Handvoll Kekse und eile am Spiegel vorbei, dem ich nur einen flüchtigen Blick widme. *„Denn ich habe zu tun."* Zielstrebig begebe ich mich zum Computer, der schon startklar auf die Anweisungen seines Users wartet. Hier habe ich alles im Griff. Erst mal werde ich meine ganzen E-Mails in den Spamordner schicken.

Sollte etwas Wichtiges dabei sein, werden die sich noch mal bei mir melden. Ich beginne also nach der A2P-Uhr zu recherchieren.

Kapitel 7

Drei Stunden später. Der Kaffee treibt mich ständig dort hin, wohin auch der Kaiser alleine zu Fuße geht. Was für mich aber nur ein kleiner Trost ist. Meine Lesebrille habe ich schon zehn Mal geputzt. Es ist unfassbar, aber die meisten Online-Versandhäuser, Auktionsplattformen und diverse Einzelanbieter haben diese jene Armbanduhr noch gar nicht in ihrem Sortiment, sind teils schon ausverkauft, und alle kosten weit über 199,- Euro. Nicht bei jedem ist sie sofort lieferbar, und die Versandkosten sind bei manchen schon mehr als utopisch hoch zu betrachten. Aber das ist für mich noch lange nicht das Ende der Fahnenstange! Ich werde mir nicht die Blöße geben, mich vielleicht doch wieder ins Juweliergeschäft zu begeben und dann auch noch meine goldene Karte für die unverschämten vollen 199,- Euro auf den Tisch legen! Das wäre ja gelacht.

Ich für meinen Fall ziehe es lieber vor, mit meiner neuen Uhr am Handgelenk als der triumphierende Sieger hervorzugehen und beim Juwelier meine günstig ergatterte Trophäe zu präsentieren! Und nichts anderes sollte es sein. Genau nur dafür bin ich geboren. Nur so sollte meine Mission ein erfolgreiches Ende nehmen!

Nun fließt mir plötzlich die Gesichtsfarbe etwas fort, das spüre ich genau, leichte Unruhe schärft gerade meine Aufmerksamkeit und meine Sinne. Ich beginne etwas zu zittern, wie die Hände bei einem Wünschelrutengang, direkt über der riesigen Wasserquelle. Nein! Doch! Ja! Ich glaube es nicht, ich sichte ein kleines unscheinbares Bild mit genau meiner Uhr am Rande des Bildschirms in einem Werbebanner abgebildet.

Zweifellos, sie ist es, da braucht ein richtiger Jäger nicht ein zweites Mal hinzuschauen, um seine Beute zu erspähen. Ich schieße so schnell es geht mit meinem Mauspfeil auf die Abbildung, nicht, dass sie wieder verschwindet und plötzlich ein anderes Werbebanner mit Damenschuhen, Übergangsjacken oder so was Unwichtiges auftaucht. Unmittelbar nach dem Anklicken offenbart sich mir eine große Seite auf meinem Bildschirm. Nur Engelsgesang um mich herum könnte diesen Moment jetzt noch übertreffen.

Da strahlt sie nun dahin, sie dreht sich dreidimensional auf dem Bildschirm wie ein goldener Siegesstern am Horizont.

Sie wird von allen Ansichten angepriesen, und ich sitze hier wie am Cockpit meiner Wunschmaschine mit aufgerissenen Augen und bin wie zeitweise gelähmt, bekomme den Mund nicht zu.
Es ist nicht nur die Uhr der Uhren, die ich dort erblicke, sondern es ist auch noch der dazugehörige Preis! Es ist der Triumph meiner Siege!

Ich reiße beide Arme nach oben und kann mir ein leises, aber sehr vorsichtiges "Juhuu" nicht verkneifen. Ich habe die Nadel im Heuhaufen gefunden, ich bin ein Genie! Dieses Prachtexemplar kostet bei diesem Anbieter nur 139,- Euro (statt dem Wucherpreis von 199,- Euro), und es ist nicht nur das, sondern zugleich auch via kostenlosem Versand. Ja, vollkommen richtig gehört! Das ist so, als verspüre ich in diesem Moment wilden und haltlosen Applaus hinter mir, und bin innerlich bereit, diesen gebührend anzunehmen. Haargenau die gleiche Uhr wie aus dem Laden, und vor allem wird sie auch in diesem edlen Holzkästchen geliefert, darin im aufwendigen Seidenpolster gebettet, so gebührend wie die edelste Krone, wie sie zur Krönung zum König getragen wird.

Doch dann werde ich kurzzeitig wieder in die Realität zurückgeholt, als ich des Weiteren auf dieser Seite gerade einen Hinweis entdecke:
"Neun Stück verkauft, nur noch ein Exemplar verfügbar"

Wenn ich mit jemandem etwas gemeinsam haben sollte, dann ist es jene spontane Entscheidungsmacht eines Börsenmaklers, der mit einer Handbewegung an der Börse ein überlegendes Millionengeschäft in Aktien riskiert, oder wie jener furchtlose Entscheidungswahn eines Top-Managers, der sich jetzt und sofort in einem Weltkonzern, der mal kurz eben über Leben und Tod tausender Arbeitsplätze entscheiden muss.

Mein Instinkt und mein Bauchgefühl sagen mir, jetzt oder nie, und ich habe eigentlich schon längst die „Kaufen-Taste" unter meinem Zeigefinger erlegt.

Jetzt habe ich Sie in meinem goldenen Käfig.
Ich werde die 139,- Euro sofort über das Lastschriftverfahren bezahlen, und diese Uhr wird meine sein.
Am liebsten würde ich sofort zu diesem Juwelier rennen und den allen eine lange Nase zeigen, dann wird denen schon das Lachen vergehen.
Aber das sollte ich besser erst dann tun, wenn ich ihnen das Prunkstück auch an meinem Handgelenk präsentieren kann, das wirkt auf jeden Fall überzeugender.

Nun beginne ich auf der Internetseite des Anbieters noch etwas herumzustöbern, denn ich muss ja schließlich auch Bescheid wissen, wer mein Geschäftspartner ist, zu wem ich mein Kapital trage.
Wo kommt die Uhr eigentlich her und wie sind die Lieferzeiten?
Ich muss gar nicht viel lesen, um zu sehen, dass die Lieferung zwischen sechs und acht Wochen dauert.

Es wird sich bestimmt um einen Re-Import handeln, schätze ich mal. Aha, das ist ja also alles andere als eine kurze Lieferzeit. Na klar, es ist natürlich und bestimmt eine sehr raffinierte Angelegenheit, die einem das Warten am Ende gebührend belohnt.
Wie in meinem speziellen Fall.

In den ärmeren Ländern haben die Menschen natürlich nicht so viel in ihren Geldbeuteln, und darum schätze ich mal, werden auch die Uhren für diese Länder höchstwahrscheinlich subventioniert, damit sich die Menschen solche Uhren auch mal leisten können, oder zumindest um diesen Luxus wenigstens mal im Schaufenster kurz bewundern zu dürfen, sage ich mal. Ich möchte nur allzu gerne wissen, wie viele Augen in diesen ärmeren Ländern schon neidisch auf meine Uhr gestarrt haben.
Wenn man jene Uhr jetzt wieder über Umwege hier her ins Land re-importiert, kann man diese entsprechend günstiger erwerben. Jeder Importeur zieht sich zwar noch seinen Obolus ab, aber es lohnt sich am Ende immer noch, wie man sieht. Sofern man natürlich dazu auch in der Lage ist, dieses Prinzip des Handels zu verstehen, um dann auch im richtigen Moment mit seiner gewissen Zahlungskraft zuzuschlagen. So wie in meinem Fall, also ich habe die zehnte und letzte Uhr im weltweiten Web-Handel erstanden. Von nur insgesamt zehn angebotenen Uhren, die es geschafft haben!
Ich sage nur eins:
"Veni, Vidi, Vici" (Kam, sah und siegte.)
Da besteht doch schon von vornherein ein gewisser Seltenheitswert. Sogar zertifiziert auf der Rechnung. Ich könnte sie wahrscheinlich jetzt schon wieder für einen erheblichen Aufpreis anbieten, und die Sammler unter den Fachleuten würden mir bestimmt die Türen einrennen.

Ich glaube, genauso wie ich denkt und handelt nur
ein wahrhaft geborener Geschäftsmann!
Ich werde diesen so unscheinbar begonnenen Tag zu
meinem ganz persönlichen Feiertag, nämlich zu dem
großen *„Helmut*-Tag" machen.

Ich blicke genauer auf den Monitor, sechs bis acht
Wochen Lieferzeit!
Wahrscheinlich auch, um Beschwerden vorab wegen
zeitlicher Verzögerungen abblocken zu können,
schreiben die immer so eine etwas längere
Lieferspanne hinein.
Aber ich weiß Bescheid, es ist durchaus möglich, dass
es schon mal nur fünf oder gar vier Wochen dauert.
Sagen wir mal so in vier Wochen könnte schon mit
ihr zu rechnen sein. Ich glaube, das ist dann ungefähr
so ein Monat. Also wäre das ja sogar schon im
nächsten Monat. Wenn ich auf den Kalender in
meinem Computer schaue, dann haben wir schon
Mitte Dezember, also ist das spätestens Mitte Januar.
Somit feiere ich:

„Eine neue Uhr am Anfang des neuen Jahres."

Das sind wieder zwei Fliegen mit einer Klappe!
Ich grinse die ganze Zeit siegessicher vor mich hin,
wie ein Weltmeister auf dem obersten
Siegertreppchen, und der bereit ist, seine weitere
erkämpfte Goldmedaille mit „Glanz und Gloria" zu
empfangen. Aber eine Tatsache muss auch mal am
heutigen „Helmut-Tag" gesagt sein:

„Ich habe wieder alles richtig gemacht."

Ich werde schon am besten gleich morgen meinem Zusteller Bescheid geben, dass ich demnächst ein wichtiges Paket erwarte, dass er im Dienste, am besten an diesem bestimmten Tag „X", während der Zustellung doch besser immer ein Auge drauf werfen sollte. Aber bitte: „Topsecret".

Kapitel 8

Doch es vergehen nicht nur Tage und Wochen, sondern nach einigen Monaten wird meine Geduld ganz schön auf die Probe gestellt. Aber ein gutes Geschäft, sage ich immer, braucht auch seine Zeit, es muss gedeihen!
Vielleicht warten die da noch ab, bis der Dollar sogar etwas fällt. Kapital ist geduldig, und da braucht man nun mal einen langen Atem.
Bei diesen Gedanken habe ich gerade aus Versehen und aus ungezügelter Wut meinen Bleistift zerbrochen.
Ich hatte auch vor Frust kaum noch meine Wohnung in der letzten Zeit verlassen. Das heißt auf Deutsch, ich war irgendwie krank, stand kurz davor, den Zusteller wegen Raub und Diebstahl anzuzeigen und zu verklagen, obwohl er nichts dafür kann, ich hatte der ganzen Welt meine Feindschaft erklärt und am liebsten alle Menschen in die Hölle verbannt, wollte das weltweite Internet löschen, und das große Universum angreifen, als mich dann ganz plötzlich und unerwartet eine E-Mail erreicht.

Zitat: *„Ihre Bestellung wurde verschickt."*
Das war wie ein lähmender Gänsehautschock für mich.
Ich kehrte soeben zurück ins Leben, die Sonne ging wieder auf! Es war das Ende einer langen Finsternis. Ein Gefühl, als wenn der Papst bei mir um Audienz bitten würde. Ich jammerte und weinte vor Selbstmitleid wie ein Hund!
War es etwa vor Glück? Ja es war, ich bin auf dem besten Weg, der glücklichste Mensch auf Erden zu werden.
Ich könnte alle Menschen umarmen. Ich glaube, so fühlt sich nur jemand, der gerade Vater von Drillingen geworden ist oder ein großes Wunder erlebt hat.
„Ich war wieder da!"
Die Nacht dauerte unendlich lange, bis sich endlich der neue Tag zeigte. So stehe ich nun schon am frühen Vormittag mit dem Kaffeepott in der Hand, empfangsbereit für die wertvolle Post vor der Haustür.
Als mein Nachbar plötzlich wie aus dem „nichts" neben mir auftaucht und ebenfalls die Straße mit den Augen absucht.
Dem Schlauberger von Nachbarn fällt doch tatsächlich sofort auf, dass ich hier auf irgendetwas warte.
Ich kann es mir vor Stolz leider nicht verkneifen und erzähle ihm von meinen erfolgreichen Geschäften, und dass ich nun auf ein wichtiges Wertpaket warte.

Jedoch noch schlimmer ist, wegen der Mischung aus meiner positiven Stimmung und dem sehr starken Schub von Glücksgefühlen, plus meinem leichtsinnigen Güte habe ich ihm auch noch vor Freude das „Du" angeboten.
Das hätte ich mir um alles ersparen können, denn die Post fährt heute an meinem Hauseingang vorbei. Nix Post für mich, aber das Schlimmste des Tages war: Ich muss jetzt auch noch zu meinem Nachbarn „Björn" sagen!
Das gleiche Szenarium findet auch am nächsten Tag statt, und Björn steht wieder mit mir draußen vor der Tür und begrüßt mich diesmal mit Handschlag, und in jedem zweiten Satz von ihm kommt mein Vorname vor. Einerseits ist er ein bisschen anhänglich, aber andererseits ist es ja auch gar nicht schlecht, einen Bewunderer an seiner Seite zu haben.
Das sind erwiesenermaßen gute Handlanger.
Also erzähle ich wieder von mir, aber nur, wenn er mir vorher verspricht, ein Geheimnis zu bewahren! Denn ich sage es ihm so, wie es ja gerade ist, ich mache nämlich in Gold und in Schmuck, Reimporte und investiere natürlich nur dann, wenn es sich auch rentiert.
Es bleibt da immer ein gewisses Restrisiko, erkläre ich ihm, deshalb reicht es nicht aus, nur etwas Ahnung davon zu haben, sondern in meiner Branche überlebt nur ein richtiger Profi. Sag ich mal. Ich sage:
„Björn, du musst verstehen, wenn ich nicht alles so offenbare, denn es ist ein Risiko für mich."

Ich spreche nun ganz im Vertrauen zu ihm:
„Abgesehen vom Goldpreis und Dollarkurs, den ja jeder durch die Börse selber erfahren kann, aber man muss vorher schon seine Fühler weit ausstrecken, um generell zu wissen, wo die Reise hingeht.
Es spricht sich schnell herum, gerade bei der Konkurrenz, und dann ist man besser sehr vorsichtig. Wenn Du verstehst, was ich meine. Man bekommt heute nichts geschenkt."

Björn versucht den Zusammenhang zu verstehen, und ich schaue noch mal nach rechts und nach links die Straße entlang. Als er instinktiv dasselbe tut, bin ich unbemerkt die Treppe hoch und in meiner Wohnung verschwunden.
Am nächst folgenden Tag schaue ich besser erst mal zum Küchenfenster hinaus. So warte ich also schon den dritten Tag auf die Post, habe aber schon das gewisse Gefühl, dass es heute mein großartiger Tag „X" wird.
Dann erschrecke ich, denn unten vor meinem aufgeklappten Küchenfenster spricht etwas zu mir! Es ist Björn, und er winkt zu mir hoch.
Björn:
„Heute kommt die Post ja wohl sehr spät, Helmut, stimmt´s", ruft Björn. *„Komm runter, Helmut, ich lade dich da drüben auf ´ne Currywurst ein. Von dort aus können wir auch gut sehen, wenn das Postauto kommt. Helmut, außerdem ist es etwas gemütlicher da drin. Und beheizt ist es da auch."*

Was vernehmen meine Ohren gerade: Eingeladen? Klar, ich könnte mir hunderte Currywürste leisten, diese auch in einem Fünfsternerestaurant essen, damit habe ich gar kein Problem, aber es ist mir egal, ob Björn vielleicht schwul ist oder nicht. Steht ihm ja nicht auf die Stirn geschrieben. Ich bin eins, drei Fix wieder vor der Tür, und wir gehen zusammen über die Straße in Richtung Imbissladen. Ich halte einen gewissen Abstand zu Björn, als wenn wir nur zufällig nebeneinander über die Straße gehen.
Als ich doch endlich, kurz vor dem Imbissladen, schon von weitem das Licht in einem Fotogeschäft brennen sehe.
Ich hatte schon vor einigen Tagen nachgesehen, der hat nur zweimal die Woche geöffnet, das heißt, er hat heute offen, und ich möchte noch mal schnell die Gelegenheit ergreifen, um mir dort vielleicht eine kleine Provision zu ergattern. Also sage ich zu Björn:
„Warte hier mal kurz, und rühre dich nicht vom Fleck, ich habe noch schnell was sehr Wichtiges zu erledigen. Ich bin gleich wieder zurück."
Ich eile direkt in das Fotogeschäft, um die im Laden noch schnell auf einen verlustreichen Fehler aufmerksam zu machen, bevor es zu spät ist.
„Wenn man nicht immer auf alles achtet."
Da steht also eine sehr alte doppeläugige Rolleiflex-Kamera im Schaufenster präsentiert, sehr schön versilbert und auf Hochglanz poliert, und direkt daneben steht eine gleiche doppeläugige Rollei, sogar Echt-Gold-veredelt.

Nur ein gut geschultes und scharfsinniges Auge registriert natürlich sofort die gewissen Unklarheiten, nämlich dass die Preisschilder vertauscht sind!

Die Goldene kann doch nicht billiger sein als die silberne Rollei! Denn würden sie die Goldene für den verlustreich niedrigeren Preis verkaufen, und die Silberne würden sie für den zu hohen Preis niemals loswerden.

Ergo: Die hätten fast fünfhundert Euro Verlust in der Kasse. Nur gut, dass es solche scharfsinnigen Menschen wie mich gibt. Mit Sicherheit springt dafür eine satte Belohnung raus. Das sind solche Arten von schnellen Geschäften, wo ich nur jedem dazu raten kann. Ich sag da immer:

„Augen auf, die Welt braucht uns."

Siegessicher wie kurz vor der Bescherung betrete ich den Fotoladen, gehe schnurstracks den Gang durch und frage diesen blassen, aufgeblasenen Menschen hinter dem Verkaufstresen nach seinem Chef.

Dabei taste ich nach meinem Portemonnaies in der Hosentasche, denn der Erfolg sollte doch nicht am Wechselgeld scheitern. Aber dieser Mann dahinter verzieht nur sein Gesicht.

Er spricht anscheinend nicht unsere Sprache.

Aber dann spricht es doch plötzlich mit den ausführlichen Worten:

„Wieso?"

Darauf bitte ihn höflichst, aber auch ein bisschen fordernd, mich mal zum Schaufenster zu begleiten.

Doch dieser Starrkopf verschränkt die Arme und
bleibt hinter seinem Tresen stehen. Händler:
*„Ich bin hier der Chef und weiß, was da alles im
Schaufenster steht. Wollen sie was kaufen?
Ansonsten habe ich noch Wichtigeres zu tun."*

Ich könnte jetzt einfach schweigend den Laden
verlassen und diesem Starrkopf plus seiner
abstürzenden Karriere seinem Schicksal überlassen.
Aber so antworte ich ihm kurz und bündig:
*„Nö, nichts weiter.
Ich wollte sie nur vor einem hohen Verlust schützen.
Aber wenn sie so viel Geld übrig haben und es ihnen
nichts ausmacht, dass an der silbernen Kamera das
viel zu hohe Preisschild steht, und sie die goldene
Kamera dann viel zu billig verkaufen werden - bitte
schön, ist ja nicht mein Verlust."*

Chef antwortet sehr grantig:
*„Sie ist Weißgold-veredelt!
Das ist Weißgold und kein Silber, Schlaumeier!"*

Sehr fix war ich wieder draußen, man sollte schon
wissen, wann man den Rückzug antreten sollte.

Mit solchen Leuten kann man eben nicht verhandeln.
Ich gehe über die Straße und sehe schon Björn,
wie er mir mit freudigem Gesicht entgegenstrahlt.

Ich sage nur kurz und bündig zu ihn:
*„Komm, lass uns in den Imbissladen reingehen, hier
draußen steht man zu lange im Visier."*

Ich gehe hinein und Björn folgt mir auf Schritt und Tritt, nachdem er sich draußen noch einmal in alle Richtungen umgesehen hat.
Dann sage ich:
"Ich schlage vor, wir setzen uns am besten ans Fenster, um die Straße wegen der Post überblicken zu können."
Björn fragt mich neugierig:
"Helmut, hast du da drinnen im Fotoladen wieder wichtige Geschäfte gemacht?"
Ich frage zurück, denn man antwortet nicht einem Untergebenen:
"Weißt Du denn den Unterschied zwischen Gold und Weißgold, Björn?"
Björn lacht, er zeigt wie ausgefuchst mit dem Finger auf mich und sagt, verschmitzt lachend:
"Das war doch bestimmt wieder eine Fangfrage, Helmut, denn Gold ist doch nicht weiß, sondern Gold?!"
Ich sage nur zu ihm:
"Siehste, Björn, darum kannst du froh sein, dass du mich als deinen Nachbarn hast."
Während der etwas notgedrungenen Unterhaltung kann ich Björn einfach noch nicht so richtig in die Augen schauen. Erstens gafft er dann immer so blöd grinsend zurück, und zweitens muss ich bei seinem Namen immer an so ein komisches Möbelstück denken, und habe irgendwie das dumme Gefühl, man kann es mir im Gesicht ansehen.

So, jetzt geht's hier zur Sache, der Wirt kommt mit Zettel und Stift auf uns zu. Ich werde das volle Programm bestellen, denke mir, eingeladen ist eingeladen, ich lasse mich hier nicht mit einem Wiener Würstchen mit Senf abspeisen. Und dass eines klar ist, bei der Bestellung bestelle ich beim Wirt natürlich selber mein Essen, und das selbstverständlich auch zuerst! Der Wirt steht nun mit dem Zettel in der Hand und fragt Björn zuerst: *„Was darf's denn sein?"*

Ich schieße gleich mit meiner Bestellung los, damit auch klar wird, wer hier der Macher ist.
Ich sage:
„Zwei Currywürste ohne Darm und geröstete Zwiebeln drauf, Pommes mit Ketschup und Majo. Und ein Brötchen noch dazu!"

So, das hat bestimmt Eindruck gemacht, und jetzt ist auch alles geklärt. Bis hierher habe ich meinen Tag mal wieder gut hingekriegt. Zum Essen eingeladen worden und einen warmen Fensterplatz beim Imbiss. Und das Bierchen steht auch schon auf dem Tisch.

Gewusst wie! Und während Björn sein Essen bestellt, schaue ich mit einem Auge sicherheitshalber schräg zum Wirt, falls der nämlich nur kurz eine hektische Bewegung machen sollte, dann wehre ich mich sofort mit meiner Plastikgabel.
Der Wirt ist nämlich ein großer und kräftiger dunkelhaariger Mann mit Bart; er sieht aus wie ein brutaler Knochenbrecher.

Eine ziemlich respekteinflößende Gestalt.
Das wäre eigentlich der richtige Bodyguard für mich, wenn ich mal einen bräuchte.
Als Björn den Wirt bei seiner Bestellung von oben bis unten mustert, und der dann plötzlich mit Spitzmund seinen Bestellzettel schreibt, stellen sich mir gewisse Fragen auf. Als Björn dann auch noch einen „Strammen Max" bestellt, wollte ich nur noch schnell mein Essen haben und dann bloß raus von hier und so schnell wie möglich zurück nach Hause.

Aber nach einiger Zeit und angenehm gesättigt, sehen wir dann auch von weitem das Postauto am Haus zügig vorbeifahren, ehe wir überhaupt begriffen hatten, dass wir ja eigentlich schnell hinlaufen müssten, wenn es gehalten hätte.

Also bestellten wir ganz in Ruhe noch eine weitere Runde Bier und fühlten uns pudelwohl.

Trotz allem kriege ich den Gedanken nicht aus den Kopf getrunken: Hatte der Zusteller letztendlich nach insgesamt drei Tagen immer noch kein Wertpaket für mich? Dann muss ich mich wohl notgedrungen noch einen weiteren Tag gedulden.

Wieder ist ein neuer Tag angebrochen, er beginnt für mich schon sehr früh, und ich bin voller Hoffnung. Doch das Warten wird für mich zur reinen Qual, ich tigere apathisch durch die Wohnung, und genauso vergehen die Stunden für mich, als der Zusteller endlich fast am Abend, und auch nur mit einem unwichtigen Brief vor die Briefkastenanlage tritt.

Kapitel 9

Der Briefträger spricht mich plötzlich persönlich an, schaut aber vorher nach rechts und nach links.
Zusteller:
„Ick hab da mal 'ne kurze Frage, ick kiecke ja schon immer, aber wolln se nich ma endlich den dicken Umschlach, oben von 'ne Kastenanlage nehmen? Ick würde mir ja nich wundern, wenn der ma uff eenma weg iss, und keener war dit. Wenn se wissen wat ick meene."
Diesen Umschlag hatte der Zusteller nur zufällig gesehen, obwohl er ihn gar nicht sehen dürfte, dieser ist nämlich von der Konkurrenz drauf gelegt worden.

Entrüstet und verärgert greife ich mir den Umschlag und stehle mich aus der Situation. Mal sehen, was das überhaupt schon wieder ist, vielleicht irgend so ein kitschiges Werbegeschenk, aber ich habe nichts bestellt.

Noch auf der Treppe reiße ich den Umschlag quer auf, und dann fällt mir fast so ein billiges Plastiketui heraus. Das Etui hat eine Holzdesign-Optik, aber sieht dem Echtholz nicht annähernd ähnlich.
Wie jetzt? Ist da etwa meine Uhr drin?!
Etwas irritiert nehme ich zwei Stufen auf einmal, schließe aufgeregt die Wohnungstür auf, stürme ins Wohnzimmer und schiebe alles, was sich auf dem Tisch befindet, ans äußerste Ende und breite meinen Fundus darauf aus.

So öffne ich das Plastiketui und erblicke die prachtvolle Armbanduhr darin liegend, in ihrer vollen Länge. Gebettet wie ein Pharao im Sarkophag.

Mit einer etwas zitternden Hand nehme ich sie heraus und lege vertrauensvoll mein rechtes Ohr auf die Uhr. Sie lebt, sie klingt wie eine ganze Welt für sich, und ich bin vom gleichmäßigen und kraftvollen Ticken ihres Laufwerkes gänzlich fasziniert. Sie klingt wie eine ganze Kompanie von Soldaten, die im absoluten Gleichschritt immer im Kreise marschieren und gleichzeitig bei hochgehobenen Armen die schweren goldenen Zeiger um die Mittelachse tragen.

Ich greife anschließend sofort nach meinem Brillenputztuch, um das Glas dieses Prunkstücks wieder blank zu putzen und bestaune sie zugleich.

So fühlten sich damals bestimmt auch die archäologischen Pioniere vor Jahrhunderten, wenn sie auf die riesigen Schatzkammern vergessener Königreiche stießen.

Aber dann folgt unweigerlich der Höhepunkt meines letzten Akts!

Ich lege die Uhr behutsam um das Handgelenk meines linken Armes und klappe den goldenen Verschluss um. Er rastet ohne zu verkannten ein, wie ein Riegel, der sauber ins Schloss fällt.

Sie sitzt perfekt, als wurde sie als Einzelstück nur allein für mich angefertigt. Als verbündeten sich in diesem Moment Mensch und Maschine.

In mir wuchs das erhabene Gefühl, als empfinge ich gerade meinen verdienten Ritterschlag.

Das sind diese ergreifenden Momente, wo auch ein gestandener Mann, jetzt mal ohne Übertreibung, oder auch ein tapferer Ritter beinahe den Tränen nahe ist. Dieser Uhr muss man würdig sein, und ich bin es wahrhaftig.

Ich drehe meinen Kopf von rechts nach links und schaue auch zum Fenster, aber es hat niemand gesehen. Das sind eben solch bedeutende Ereignisse, die ein Mann nur für sich allein austragen muss. Wie unwichtig erscheint mir nun die Zeitanzeige im Handy, und die geschmacklose digitale Anzeige im Eck des Fernsehers! Solch vergessenen Luxus, das Tragen einer Armbanduhr so dermaßen zu vernachlässigen, war von mir nahezu verantwortungslos und ein schweres Versäumnis! Sag ich mal. So liege ich hier glücklich auf der Couch, der Fernseher läuft vor sich hin und ich höre beim Einschlummern dem Ticken meiner Uhr zu.

Kapitel 10

Klopf, klopf!!! Ich werde aus dem Schlaf gerissen und fühle ich mich sehr gestört durch das wilde Klopfen an der Wohnungstür. Die Sonne scheint ins Fenster? Ich war gestern Abend wohl auf dem Sofa eingeschlafen, denn das Ticken einer Uhr hat immer so hypnotische Einschlafwirkungen auf mich.

Es ist also schon wieder hell draußen und meine Wandfunkuhr zeigt auf neun Uhr dreißig.
Das war es wohl mit dem Schlaf der Gerechten, aber ich habe absolut gut und lange durchgeschlafen. Klopf! Klopf!
Wer klopft denn da bloß so unverschämt?
Ich stehe verärgert vom Sofa auf, und dabei tun mir alle Knochen weh. Ich schaue noch schlaftrunken durch den Türspion und sehe Björn, und er spricht schon sofort durch die Tür zu mir.

Björn:
„Mann, Helmut, ich warte schon die ganze Zeit auf dich, stehst gar nicht mehr draußen und wartest die Post ab? Was ist denn los? Kommt das Wertpaket doch nicht, oder was?"

Ich mache mal besser die Tür auf, damit er Ruhe gibt!

Haltlos quasselt Björn los:
*„Morgen, Helmut, hast du verschlafen, die Post kommt vielleicht bald.
Was ist das für ein roter Fleck auf der Backe?"*

Sofort rede ich dazwischen, sonst hört er gar nicht mehr auf zu quatschen:
„Ja, Björn, ich habe inzwischen alles bekommen. Das hat sich jetzt alles erledigt."

Björn:
„Was? Hatte ich gar nicht mitbekommen, dass dein Wertpaket zugestellt wurde."

Ich:
„Tja, Björn, da kann ich nur ganz leise sagen:
Viele wichtige Geschäfte auf dieser Welt laufen
im Hintergrund ab, das sollen natürlich `andere
Menschen` der Gesellschaft auch nicht so leicht
mitbekommen. Aber denke dran, das hast Du nicht
von mir gehört!"
Björn:
„So was wie `ne Schattengesellschaft?"
Ich ziehe meinen Bademantelkragen etwas höher, schaue noch einmal vorsichtig die Treppe hinauf und hinunter zur Haustür.
Ich sage zu ihm flüsternd mit vorgehaltener Hand:
„Ganz dünnes Eis, Kollege, ganz dünnes Eis."

Und sehe beim Umdrehen noch kurz seine großen Augen und die hochgezogenen Augenbrauen, und schließe wieder leise die Tür.
„Bingo! Das hat gesessen!"
Ich blicke an diesem herrlichen Morgen wie mit Herzchen-Augen auf meinen Schatz, um zu sehen, wie spät es wirklich ist, aber was sich mir da für eine abgrundtiefe Tragödie offenbart, ist ohnegleichen:
„Nein, die Uhr ist stehen geblieben!
Sind die Batterien etwa schon leer?"

Ein totales Entsetzen überkommt mich und ich bin außer mir vor Enttäuschung. Das kann sich doch nur um einen schlechten Scherz handeln? Ganze Welten brechen gerade in mir zusammen.

Ich erinnere mich sofort an meine Kindheit, als mein Wellensittich in meiner Hand gestorben war.
Genauso leblos erscheint mir jetzt meine Uhr.
So kleide ich mich panisch an und mache mich sofort auf den Weg zu dem kleinen Uhrenladen. Zum Glück habe ich das noch gesehen, denn ich wollte doch nachher erst mal zu dem Meier in die Juwelieroase gehen, um ihm zu zeigen, wer hier nun wirklich der wahre King ist, und anschließend meinen großen Auftritt im Bus planen!
Unaufhaltsam stürme ich aus dem Haus und renne Björn beinahe auch noch um, der Gehweg ist voller Menschen und manche Passanten auf dem Gehweg müsste man wegen Behinderung verklagen, aber ich schiebe und drängle mich gut durch und lasse sie ruhig hinter mir meckern. Für solche Notfälle müsste es so eine Art Blaulichtkrone für mich geben. Aber mein schneller Einsatz hat sich gelohnt, in Windeseile stürme ich in den kleinen Uhrmacherladen hinein, und ehe der zweite Türgong beim Schließen der Tür erklingt, stehe ich schon am Tresen und warte bereits völlig außer Puste auf den Uhrmacher.
Der Uhrmacher kommt aus dem Hinterraum mit den Worten: *„Guten Morgen, der Herr!"*
Er schaut auf die Uhr, die ich bereits schon in voller Länge, wie einen Notfallpatienten in der Notaufnahme, bei ihm auf den Tresen gelegt habe. Ich zögere nicht lange und sage ihm, was er schnell tun soll. Ich möchte den Deckel auf der Rückseite entfernt haben.

Ich will sofort sehen, was sich dahinter für eine Unverschämtheit verbirgt. Was für eine Billigbatterie dort hinein entsorgt wurde. Unerhört, die Uhr ist neu und schon nach einem Tag stehen geblieben!

Er folgt sofort meinen Anweisungen, macht aber währenddessen ständig so seltsam laute Nasengeräusche und sagt während des Abhebens des Deckels.

Uhrmacher:

„Die Batterie kann nicht leer sein, denn das ist so eine gewisse Uhr, die man an der Krone aufziehen muss. Handarbeit, wissen sie? Die hat keine Batterie. Aber wenn sie wünschen, dass der Deckel unbedingt ab soll, dann bitteschön. Was ist das überhaupt für eine Uhr? Eine APP? Die Marke ist mir völlig unbekannt."

Ich antworte:

„Na, das weiß doch jeder, der vom Fach ist! Es ist eine Uhr von A2P, und das sind die Initialen von dem Designer-Trio`Andy, Pit und Petersen`. Ist doch dasselbe ob A2P oder APP, kapito!"

Uhrmacher:

„Es könnte hier aber z.B. für -Asiat Plagiat Produkts- oder so etwas stehen?"

Ungläubig sage ich:

„Hahaha, dreimal kurz gelacht, ein toller Scherz! Hierbei handelt es sich aber nur mal um eine deutsche Wertarbeit, und sie hat nur eine kleine Reise über Asien und zurück als Reimport gemacht."

Der Uhrmacher schaut mich mit einem zugekniffenen Auge und offenem Mund sehr schräg und ungläubig an. Uhrmacher:
„Reimport?
Nein, das ist hier nicht der Fall, das ist ein reines China-Produkt! Oder in Fachkreisen auch -Blender- genannt."

Er schüttelt dabei mit dem Kopf und hebelt den Deckel der Uhr jetzt ganz ab.
Der Uhrmacher schaut grinsend hinein und sagt:

„Da drinnen ist ein Uhrwerk, das gleiche habe ich in meinem alten Reisewecker auf dem Nachttisch."

Ich glaube, ich kann diesen Mann nicht mehr leiden! Wie es aussieht, könnte es hier für mich zunehmend peinlicher werden und es scheint mir auch kein Ende in Sicht. Also lenke ich gezielt vom Thema etwas weg, um das Zepter wieder sicher an mich zu reißen und frage ihn mit überlegenem Blick:
„Kannst du mir wenigstens mal schnell die kleinen Schlieren aus dem Glas noch wegpolieren?
Dafür scheint es ja wohl egal zu sein, wo die Uhr herkommt."

Uhrmacher:
„Meinten sie etwa mich?
Zu ihrer Frage: Das geht leider auch nicht.
Würde es sich wie bei jeder normalen Uhr um Glas handeln, dann vielleicht, aber das ist nur Plexiglas, ist zu weich und wird beim Schleifen trübe."

Der Uhrmacher hält sich die Uhr nur kurz an sein Ohr und sagt lachend:
„Die tickt ja wie 'ne alte Nähmaschine!
Die hat ja auch nicht einmal 'nen Sekundenzeiger."

„Na und", sage ich, *„ist doch egal:*
Einen Sekundenzeiger hat doch ihr alter Wecker auf dem Nachttisch bestimmt auch nicht.
ODER?
Ist sowieso nur meine Uhr für die Arbeit.
Aber sagen sie mal, Gold ist ja ziemlich empfindlich, was kann man da machen?
Ich bin mit ihr nur leicht an den Türrahmen gestoßen, schon ist im Gehäuse eine kleine Delle drinnen."

Uhrmacher:
„Nee, nee, das Gehäuse hat noch nie im Leben Gold gesehen, die Uhr ist aus irgendeinem weichen Billigguss und nur mit Goldfarbe überlackiert worden.
O.k., man kann von dieser Billiguhr natürlich nicht zu viel erwarten, aber für die Arbeit reicht sie ja aus, wenn man zukünftig etwas vorsichtiger mit ihr umgeht."

Der drückt den Deckel mit einem Knackgeräusch wieder drauf, als hätte man sich ein Stück von einer harten Tafel Schokolade abgebrochen.

Dann sage ich:
„Na sehen sie, mehr wollte ich ja auch gar nicht wissen. Dann sind wir uns ja einig."

Ich nehme also wieder meine Uhr an mich, reiche ihm vertrauensvoll die Hand, nicke ihm zu, als wenn ich ihn auf seine Schweigepflicht aufmerksam machen will, und gehe mit meiner Uhr heraus aus den Laden.
Bezahlen? Ich denke ja im Leben nicht daran!
Wäre ja noch schöner, da muss doch in diesem Gewerbe einer für den anderen einstehen.
Da gibt's doch bestimmt auch so etwas wie einen Ehrenkodex, besonders für den „Guten Kunden".

Auf dem Weg nach Hause, leidgeplagt, werden die Beine immer schwerer, wird jeder Schritt zur Tortur, als wäre ich gepeinigt und erniedrigt worden, den Feinden gerade noch schwerverwundet entkommen.

Kapitel 11

Zuhause und in die Wohnung endlich heimgekehrt, lege ich die Uhr auf den Tisch und lasse mich noch mit Jacke auf die Couch fallen.
Ich starre die ganze Zeit wie ein gefährliches Raubtier, angriffsbereit und mit Schlitzaugen, auf die Uhr. Meine Mundwinkel ziehen sich immer weiter nach unten. Jede vernünftige Uhr würde jetzt vor Scham schon von selber in alle Einzelteile zerplatzen.
Aber mit mir macht man keine Faxen, ich habe bereits schon einen Plan und werde diese Uhr dorthin zurückschicken, wo sie hergekommen ist!
Zu diesem Im- und Exportunternehmen.

So setze ich mich, bereit zum Kampfe, entschieden
an den Computer, lasse ihn hochfahren und werde
gleich zum finalen Gegenschlag starten,
als hätte ich die ganze Weltarmee hinter mir.
Eines nur mal ganz kurz am Rande erwähnt,
bei meinem Rechner unterhalten wir uns über
gewisse Größenordnungen und Kapazitäten von
mehreren Terabytes, und von nichts Geringfügigem.
So setze ich also über ein größeres professionelles
Schreibprogramm, was sich bestimmt preislich der
Otto Normalverbraucher nicht leisten kann,
einen sehr fachmännischen Brief auf, in dem ich sehr
konkret meine Forderungen und Bedingungen zu
dieser Reklamation stelle.
Dass ich vor meinen Namen im Briefkopf aus
Versehen auch noch den Titel „Rechtsanwalt" setze,
soll einfach nur schon mal aussagen, wo das hier
vielleicht alles hinführt, wenn meine Bedingungen
nicht erfüllt werden. Ich füge dieses Schriftstück
ohne mit der Wimper zu zucken in die E-Mail ein
und schicke es unverzüglich los. So, jetzt warte ich
noch auf die Lesebestätigung, und dann ist Schluss
mit lustig, die werden schon sehen, mit wem sie es
zu tun haben.
Ich checke noch mal kurz meine E-Mails, als doch
schon die Rückantwort via E-Mail gekommen ist.
Ja, eines muss ich denen schon lassen, die haben
wirklich ein gutes Gespür dafür, wem gegenüber sie
sich ohne Verzögerungen und mit einer gewissen
Wichtigkeit verpflichtet fühlen sollten.

Höflichst entschuldigen diese Mitarbeiter sich und bitten mich darum, die Uhr mit allen originalen Verpackungen zurück zu schicken, damit sie sich gleich meinem Problem widmen können. Für die Versandkosten sei ich aber leider selber zuständig.

Na so was, denke ich, das ist doch selbstverständlich! Nachher denken die vielleicht noch, ich bin hier ein armer Schlucker?
Über Geld redet man nicht, man hat es!
Natürlich werde ich auch eine Kopie der Rechnung beilegen. O.k., ich habe den Stein ins Rollen gebracht und jetzt werden wir sehen, ob wir uns einig werden oder ob daraus eine Lawine wird. Dann würde es eine Angelegenheit für meine Anwälte werden.
Wofür zahle ich denn jahrelang im Rechtsschutz ein! Mit sehr viel Gewissenhaftigkeit verpacke ich alles in einen kleinen Karton und beschrifte ihn ordentlich. Schreibe auch in Signalrot und Großschrift dran „Bitte nicht werfen, Vorsicht zerbrechlich", und dann beschrifte ich das Paket noch an der richtigen Stelle mit Schriftsatz „Oben". Also, wenn sich die Leute bei der Post jetzt an meine Anweisungen halten würden, wie sich das gehört, könnte ich auch ein volles Glas Champagner verschicken und es müsste eigentlich genauso voll und unversehrt beim Empfänger ankommen.
Ich kleide mich schnell straßentauglich an und mache noch einen kurzen Halt vor meinem Spiegel zum letzten Check-out: *„Perfekt!"*

Ich klemme mir das Paket unter den Arm und gehe aus der Wohnungstür. Nur, als ich die Tür von draußen abschließen will, rutscht das Paket aus Versehen nach hinten durch den Arm herunter und rollt Stufe für Stufe die Treppe runter und bleibt ordentlich auf dem Fußabtreter liegen.

Die Beschriftung „Oben" steht oben. Sehr anständig! Ich nehme es wieder vorsichtig auf und begebe mich zur nächsten Postfiliale und übergebe es dort vertrauensvoll den Beamten. Ich frage auch sicherheitshalber noch einmal nach,
ob es morgen dann auch schon da ist.
Schalterbeamter:
„Na klar, ich fahre sofort nach Feierabend mit ihrem Paket los, fahre die ganze Nacht durch und werde es morgen früh persönlich zustellen. Ich rufe sie dann sofort an."

Ich weiß jetzt aber gerade nicht so wirklich Bescheid. Ob er es ernst gemeint hat? Das wäre ja denn eigentlich ziemlich nett, oder?

Ich gehe etwas verunsichert mit dem Paketabschnitt aus dem Postamt. Etwas erleichtert von der Last des Paketes, flaniere ich noch durch die Einkaufsstraße und gönne mir an der Imbissbude ein paar Currybouletten mit Pommes. Hole mir danach noch eine Zeitung vom Händler meines Vertrauens, stecke sie mir unter den Arm und gehe forschen Schrittes nach Hause.

Aber natürlich auf eine Art und Weise, dass für jeden deutlich erkennbar ist, dass ich noch andere wichtige Termine habe und meine Zeit nicht damit verschwenden werde, anderen vielleicht noch ständig aus dem Weg zu springen. Ich hätte unterwegs insgeheim am liebsten jedem Menschen ins Ohr geflüstert und ihm gebeichtet, dass ich alles richtig gemacht habe! Ein überaus erhabenes Gefühl.
Aber so etwas dann auch wirklich zu tun, verbietet mir selbstverständlich mein Ego.

Kapitel 12

Zwei Tage später, ich habe in dieser Zeit meine Wohnung nicht mehr verlassen und mich sehr zurückhaltend bewegt, um nicht von Björn gestört zu werden. Mein Platz ist hauptsächlich nur vor dem Computer und ich bekomme endlich meine sehnlichst erwartete Rückantwort von der Im -und Exportgesellschaft.
„Sehr geehrter Herr Helmut.. bla bla bla..
Leider können wir Ihnen keine 100% Ihrer Zahlung zurückerstatten. Unsere Gutachter stellten erhebliche Kratzer auf der Scheibe fest sowie Gebrauchsspuren am Gehäuse. Ferner sind Spuren zu erkennen, dass die Uhr geöffnet (aufgehebelt) wurde. Damit ist leider die Garantie erloschen. Ansonsten funktioniert die Uhr einwandfrei."

Exportgesellschaft:
"Wir würden Ihnen mit einer gewissen Kulanz entgegenkommen und bieten Ihnen eine großzügige Rückerstattung aus dem Restkaufwert von 29,00 Euro incl. Mehrwertsteuer an."

Exportgesellschaft Seite 2:
"Bitte übermitteln Sie uns dann ihre Kontodaten. Wären Sie nicht einverstanden, müssten Sie die Begutachtung, eine angefangene Arbeitsstunde plus die Rück-Versandkosten und Verpackungspauschale vorab überweisen, damit Sie Ihre Uhr so schnell wie möglich zurück erhalten. Dann ergäben sich daraus Gesamtkosten von 41,01 Euro incl. Mehrwertsteuer und Versand.
Wir bitten um Ihr Verständnis,.. bla bla usw."

Ha! Das ist ja die Höhe! Ich werde mich von denen nicht abzocken lassen, ich will meine Uhr sofort zurück haben, koste es, was es wolle. Auch wenn ich die Uhr dann hier persönlich in den Schraubstock spanne und mit Hochgenuss, mit Hammer und Schlegel, die wahre Gerechtigkeit walten lasse.
Nur so spricht man Klartext!

"Aber die 41,01 Euro wären ja dann auch irgendwie aus dem Fenster geworfen?"

Der Service von denen ist schon bemerkenswert gut, ich entscheide mich für „Geld zurück".
Auf meiner E-Mail, mit denen ich meine Kontodaten übermittle, bekomme ich sofort Antwort und fühle mich so gesehen sehr gut betreut und aufgehoben.

Diese Menschen haben sich ja auch sofort an die Uhr heran gemacht und sie korrekt begutachtet und dabei nichts übersehen. Sogar nur einen Tag später bekomme ich schon die 29,- Euro überwiesen und habe dadurch die 41,01 Euro gespart. Das wäre am Ende gerechnet ein Verdienst oder eine weitere Ersparnis für mich von 70,01 Euro.

Ich sollte diese Angelegenheit vielleicht auch mal von der anderen Seite aus betrachten, es ist im Großen und Ganzen schließlich nur ein gewisser Kollateralschaden entstanden, und die haben ja jetzt am Ende nur eine kaputte Uhr übrig, auf der sie höchstwahrscheinlich sitzen bleiben.

Ich sage nur:

„Wer nicht wagt, der nicht gewinnt!"

Wieder etwas aufgemuntert, werfe ich nach langer Zeit einen vorsichtigen Blick durch die Jalousie des Küchenfensters, und etwas geblendet erkenne ich natürlich als erstes Björn da draußen. Wen sonst! Björn steht gerade mit dem Fahrrad vor der Tür und schaut sich, beide Hände an den Hüften, oben im Himmel das Wetter an.

Er erblickt mich sofort, obwohl ich noch schnell versuche, einen Rückzieher vom Fenster zu machen. Björn begrüßt mich sofort auf seine überfreundliche Art:

„Hallo, Helmut, komm raus, können wir quatschen."

Also werde ich mal rein zufällig zum Briefkasten gehen und nach meiner ganzen Post gucken.

Eventuell noch ein Plausch mit Björn über mich
ergehen lassen, damit er Ruhe gibt, und dann werde
ich schon einen triftigen Grund finden, mich aus der
Misere zu ziehen.
Ich gehe die paar Stufen im Treppenhaus herunter,
da hält er mir auch schon die Tür von draußen auf,
so freudig, als sei ich nur wegen ihm herauskommen.
"Was denkt der sich denn?"

Björn:
*"Na, Helmut, wo ist denn deine goldene Trophäe?
Oder hat sie heute frei?"*

Ich sage nur kurz und bündig zu ihm:
*"Sie ist wieder auf großen Exportwegen.
Du weißt ja, der Rubel muss rollen."*

Björn klatscht freudig in die Hände
und klopft mir auf die Schulter. Björn:
"Mensch, Helmut, du bist ein Genie!"

Und ich denke mir, wo er recht hat, hat er recht.
Aber jetzt muss ich wieder rein, muss nachher noch
mal zum Doktor gehen und mit ihm ein Wörtchen
reden, denn ich brauche eine Salbe gegen meine
Allergie. Ich habe so eine rote, dicke Flechte am
linken Handgelenk oder irgend so einen Ausschlag.

Björn:
*"Helmut, bleib doch noch ein bisschen, ich habe
frischen Kaffee aufgesetzt, und der ist bestimmt
schon durch! Willst du 'ne Tasse, dann hole ich sie
gleich für dich. Äh, Helmut...das war mit Milch und
Zucker, gerührt und nicht geschüttelt?"*

Aber mit Vollmilch, rufe ich ihm hinterher, und schon ist er die Treppe hoch und in seiner Räuberhöhle verschwunden.

O.k., kostenloser Kaffee, da kann ich nicht nein sagen und bekomme nach wenigen Sekunden den Kaffee, und auch noch in seiner „Björns-Lieblingstasse" serviert. So lässt sich`s leben.

Handy klingelt: *Mayday, Mayday!*

Oh, mein Handy klingelt! Ich melde mich selbstverständlich nie mit Namen, denn jeder weiß ja normalerweise, wen er anrufen will. Also, ich melde mich mit einem kurzen *„Hallo"*.

Anrufer:

„Ja einen schönen guten Tag, hier ist der Herr Meier aus der Juwelier-Oase, Ozonstraße."

Ich erwidere:

„Ach, der Herr Meier, was verschafft mir die Ehre?"

Herr Meier:

„Sie haben doch noch eine Uhr bei uns im, ich sage mal `Warenkorb` zu liegen und ich wollte doch mal ganz vorsichtig nachfragen, ob wir ihren Warenkorb leeren dürfen oder Sie vielleicht noch an dem wundervollen Schmuckstück interessiert sind?"

Ich lege beim Gespräch sofort mein wichtiges Geschäftsmann-Gesicht auf, da Björn mich unentwegt anstarrt. Ich sage im gleichen Atemzug: *„Aber nicht für den Preis."*

Und ich verspüre gleich nach der kleinen Denkpause vom Meier, den Fisch an der zu Angel zu haben!

Herr Meier:
"Wir können leider von den 199,- Euro nicht allzu weit herunter gehen, also nur auf 139,- Euro, aber nur weil ihre Uhr jetzt nicht mehr preisgebunden ist. Das wäre aber dann das allerletzte Wort!"

Ich spucke vor Schreck meinen Kaffee wieder aus und sage ganz laut, dass alle es hören:
"Kaufen! Kaufen!"

Herr Meier:
"Wie bitte? Sollten Sie sich also dazu entscheiden, dann sollten sie doch noch in dieser Woche bei uns reinschauen, denn diese Sonderaktion endet am Wochenende. Also, ihre Zeit tickt!"

Mir sind meine Beine etwas schwammig geworden und ich muss mich an die Wand lehnen. Da habe ich jetzt einen richtigen dicken Fisch an der Angel. Die wissen ganz genau, mit wem man die „richtigen" Geschäfte machen kann. Ich sage:
"Ja, ja, Herr Meier, wenn ich diese Woche zufällig in der Nähe bin und etwas Zeit übrig habe, werde ich mal vorbeischauen. Aber ich bitte dann vorrangig und mit oberster Priorität bedient zu werden, sie wissen ja, meine Zeit ist sehr kostbar."

Herr Meier:
"Hat mich auch sehr gefreut."

Ich stecke mein Handy in die Tasche und denke nach. Ich bemerke selber an mir das gewisse Grinsen im Gesicht. Dann fällt mir auf, dass Björn mir förmlich ins Gesicht kriecht.

Björn:

„Was issen denn los Helmut, hallo Helmut, jemand zu Hause?"

Ich erschrecke und schaue ihn mit verzerrtem Gesicht groß an! Von so nahem sieht er noch viel hässlicher aus! Vor Schreck sage ich zu ihm:

„Björn! Tue das nie wieder!"

Ich drücke ihm die leere Tasse in die Hand. Und sage:

„Ich muss reingehen und mich vorbereiten, ich habe da einen ganz dicken Fisch an der Angel und darüber kann ich noch nicht offen reden. Kennst du den Juwelier-Tempel in der Ozonstraße?"

Björn:

„Klar, das ist doch die Oase Nr.1, der Nobelladen überhaupt!"

Ich:

„Siehst du, Björn, die wollen jetzt mit mir ins Geschäft kommen. Aber..."

Björn:

„Topsecret, geht doch klar, Helmut."

Kapitel 13

Am darauffolgenden Tag.

Ich mache mich gleich am nächsten Morgen in der Früh für den besonderen Auftritt beim Juwelier entsprechend zurecht. Die Musik läuft im Hintergrund, ich bewege mich lässigen Schrittes durch die Wohnung und bin guter Dinge.

Ich arbeite mich vor dem Spiegel mit der Zahnseide durch alle Zahnlücken durch. Ich spüle anschließend mit einem Schluck Kaffee den Mund aus, schlucke alles herunter und habe damit wieder mal zwei Fliegen mit einer Klappe erlegt. Ich habe es einfach drauf, und im Gefühl, das wird ein sehr positiver Tag, genau richtig um meine finalen Geldgeschäfte zu tätigen. Jetzt bin ich salonfähig und fertig bekleidet, und das Abenteuer kann beginnen. Ich öffne die Wohnungstür und knipse das Licht aus und weiß genau, wenn ich zurück bin und diesen Schalter wieder betätige, werde ich ein anderer Mensch sein. Die Juwelier-Oase öffnet heute pünktlich seine Pforten, und man sollte mich dort als den ersten Kunden in diesem frisch gereinigten, unbefleckten Laden begrüßen dürfen. Wie sagt man:
„Morgenstunde hat Gold im Munde."
Der Weg zur Juwelier-Oase wird wie ein Siegeszug für mich. Auf dem Weg berechne ich mein Tempo so exakt, dass die Ampeln kurz vor mir auf Grün schalten müssen. Ich marschiere zielstrebig wie ein Roboter und berechne alles genau bis ins Detail. Wie ein großer Krieger: *„Und er ging nur los, um zu siegen."* Ich bin gleich am Ziel, nur wenige Meter noch und meine Gänsehaut lähmt mich fast. Selbst die Ladentür wird mir plötzlich, nachdem sie gerade aufgeschlossen wurde, von dem sehr vorausschauenden Herrn Meier geöffnet, und ich werde mit einem freundlichen und zuvorkommenden „Guten Morgen" empfangen.

Schon allein wegen dieser Geste wäre es ein Grund, heute und hier in einer Uhr zu investieren.
Ich bewege mich zielstrebig über den frisch gesaugten roten Teppich, und da mir der Weg bereits schon bekannt ist, habe ich dabei das erhabene Gefühl, als sei ich hier der oberste Chef im Laden, bei seinem morgendlichen Kontrollgang.

Dann stehen wir wieder am Tresen, ich stehe hier vorne und der Meier hinter dem Tresen.

Auge in Auge, genau dort, wo alles geendet hatte, setzen wir jetzt das Geschäftliche fort.

Der Meier holt das Holzetui schweigend aus dem Schubfach unter dem Tresen vor und legt es auf den Tisch. Er öffnet es sehr feierlich mit einem Lächeln im Gesicht und hält mir das Prachtexemplar zur Anprobe mit beiden Händen entgegengestreckt.
Als bekäme ich vom Präsidenten persönlich das wohlverdiente Bundesverdienstkreuz für besondere Leistungen überreicht. Ich bin bereit, die Uhr um mein linkes Handgelenk zu binden.

Und sie sieht so ganz anders aus als ich in Erinnerung habe, so edel hochwertig und beeindruckend?
Mir scheint die Uhr auch viel größer und schöner.

Der Meier entdeckt die roten Hautstellen mit den Schorf an meinem Handgelenk und fragt kritisch:
„Was ist denn das da am Handgelenk?
Das ist doch hoffentlich nicht ansteckend?"

Ich bin gedanklich gerade ganz wo anders, will gar
nicht darauf eingehen, ich erwähne nur ganz
nebenbei:
*„Kleine Abwehrverletzung beim Kampfsport,
wenn du verstehst was ich meine."*
Ich schaue ihm dabei überlegen und sehr tief in die
Augen, runzle dabei die Stirn. Aber ich löse die
Situation auf und sage ohne lange Abschweife:
„Ich kaufe die Uhr!"
Wir gehen ohne lange zu zögern zum letzten Teil des
erfolgreichen Geschäftes über. Ich lege die goldene
Kreditkarte auf den Tresen, mit genau so einer
leichten „Auge in Auge" -Verzögerung, wie man die
letzte Spielkarte beim Poker zum siegreichen Royal
Flash auf dem Tisch aufdeckt.

Wir reichen uns die Hände, so wie es richtige Männer
tun, und ich versichere ihm mit nickendem Kopfe
und einem Zuzwinkern:
„Sie haben einen neuen Stammkunden."
Ich bekomme dazu noch ein gratis Brillenputztuch,
und alles wird mir in einer kostenlosen kleinen,
eleganten Umwelt-Leinentasche mit stabilen Henkeln
eingepackt. Wahrscheinlich, damit man mir diese
auch nicht so schnell entreißen kann.
Das war mein größtes Schnäppchen. Ich begebe
mich sofort auf dem kürzesten Weg nach Hause,
wechsle dabei ständig die Straßenseiten und halte
meine Arme beim Laufen weg vom Körper,
um mich als etwas gefährlicher darzustellen.

Damit jeder gleich von weitem erkennt, dass mit mir
nicht zu spaßen ist! Ich drehe mich alle drei Meter
zur Sicherheit um, so wie es die Agenten in den
Filmen tun, ob ich auch nicht verfolgt werde.
Nun nähere ich mich zielsicher meiner Haustür.
Der Hauseingang steht wie immer offen, und ich
laufe schon, mit dem Schlüssel in der Hand, bei
ausgestreckten Armen die Treppe hoch, schließe
die Wohnungstür auf und verschwinde eilig in
der Wohnung.
Endlich bin ich sicher zu Hause angekommen, und
lege meinen Schatz ordentlich mitten auf den Tisch.
Aus welchem Zimmer ich auch gerade komme, ich
kontrolliere immer sofort, ob meine Trophäe noch,
dort präsentiert, unter dem Spot-Licht liegt. Aus
diesem Grunde bleibt heute auch ausnahmsweise
die Küche kalt und ich bemühe meinen Koch im
Außendienst. Mit anderen Worten, den Pizzaservice.
Alles läuft heute recht gut nach Plan, und dem
Pizzaboten werde ich dieses Mal den Eintritt
verwehren und er darf zum Kassieren seinen ganzen
Kram auf der Treppe ablegen. Ich verrate es ihm
nicht, aus welchem Grund das nun mal heute so ist,
aber ich habe meine Wohnung zur kompletten
Sicherheitszone erklärt.
Die Pizza habe ich schnell verputzt, und ich weiß
nicht einmal, was es überhaupt für eine war.
Ich muss immer nur auf das Kästchen gucken und
nachdenken, wie ich das machen werde, wie mein
großer Auftritt im Bus ablaufen wird.

Da ich ständig an meinen gut geplanten Auftritt denken muss, genau so wie es der Typ vor einiger Zeit im Bus tat. Er es jedoch in meinen Augen ein klein wenig zu zweitklassig machte, rückt nun die Zeit des Finales für mich langsam heran.
Wir bewegen uns Richtung des frühen Nachmittags, und mein Lampenfieber steigt kontinuierlich an. Doch nun lasse ich keine weitere Zeit verstreichen und werfe mich absolut in Schale. Ich bekleide mich mit dem besten und teuersten Anzug mit Weste, werde alles anlegen, was ich an Gold zu bieten habe, mein Parfüm großzügig nachfrischen, die italienischen Schuhe anziehen, und dann ist alles um das Thema Outfit herum erledigt. Perfekt! Nun folgt der vorletzte Akt meiner erfolgreichen Mission.
Ich sitze gerade und aufrecht voller Stolz auf meinem großen Ohrensessel.
Es ist alles so genial, so vornehm und elegant, ich fühle mich wie ein werdender König auf dem Thron, kurz vor seiner verdienten Krönung.
„Wollen wir doch mal ehrlich sein, habe ich das nicht auch verdient?"
Diese Situation, wie ich nun hier gerade präsent auf dem Ohrensessel throne, erinnert mich daran, wie all die großartigen Könige und Fürsten auf den riesigen Gemälden und Leinwänden dargestellt wurden.

Aber leider ist in diesen wichtigen Momenten nie ein solcher Zeichner zur Stelle. Jetzt kommen wir doch zu diesem besonderen „X" des Tages.

Es ist alles für den besonderen und historischen Augenblick vorbereitet, als ich endlich mit leicht zitternden Händen im Begriff bin, mir meine goldene A2P Designeruhr anzulegen. Ein dezenter Engelsgesang hätte noch gut dazu gepasst. Ich muss zugeben, die zwei Freudentränen sind wahrlich berechtigt. Ich genieße dabei, wie sich das Armband sanft um mein Handgelenk schlängelt und sich zart daran anschmiegt. „Es ist vollbracht."
Ich betrachte meinen Schatz voller Bewunderung am ausgestreckten Arm, halte mir das Schmuckstück von Uhr erwartungsvoll ans rechte Ohr und lausche nach dem sehr leisen und beruhigenden Ticken. Ich muss meine schweren Augenlider ganz kurz schließen und einige Male tief ein- und wieder ausatmen und lasse die Uhr somit zu einem Teil von mir werden. Lasse Mensch und Maschine sich vereinen, atme immer wieder tief ein und dann wieder aus. Ein und aus..., Ein und...

Kapitel 14

Ich werde mich gleich auf den Weg begeben und ein paar Stationen mit dem Bus fahren, mich im Stehen drinnen an der Haltestange des Busses festhalten und meinen linken Arm nach unten führen, um den Trumpf aus dem Ärmel rutschen zu lassen. Das wird ein Genuss sein, für solche Momente bin ich geboren und werde die Menschen dermaßen beeindrucken, dass sie noch lange davon reden werden.

Ich habe diesen Moment natürlich schon einige Male vor dem Spiegel geprobt, und nun wird dem Tag X nichts mehr im Wege stehen. So braucht es nur einen kurzen Zeitsprung, und dann stehe ich persönlich wie geplant direkt an der Haltestelle der gewissen Buslinie und steige unverzüglich in den nächsten eintreffenden Bus ein.

In diesem jenen Bus werde ich nun meinen großen, verdienten Auftritt erleben. Ich fühle mich dabei sehr wohl. Es ist die gleiche Uhrzeit wie nach der letzten Begegnung, derselbe Fahrer und dieselbe Buslinie. Und merkwürdigerweise sitzen sogar auch all die Menschen vom letzten Mal drinnen.

Aber nun bin ich heute derjenige auf dem Bretterboden des Busses, der die Welt bedeutet.

Ja, das Wort „Perfekt" darf hier ruhig auch mal erwähnt werden, ohne das Gefühl, sich dabei gleich überschätzt zu haben.

Die Menschen im Bus steigen um mich herum ein und aus, wechseln die Plätze, gehen an mir vorbei, und ich halte aufrecht und eisern, lässig und cool die Stellung an der Haltestange. Ich würde allzu gern wissen, in wem ich jetzt vielleicht den Wunsch erweckt habe, so zu sein wie ich.

Denn vornehm geht die Welt zu Grunde!

Nach dem Abklingen einer gewissen Unruhe nach der Haltestelle wird nun die Stimmung wieder etwas neutral, beruhigt sich, und es beginnt das gegenseitige Beobachten. Das sollte mein Zeichen für den großen Einsatz sein. Die Show kann beginnen.

Nun lasse ich langsam meinen linken Arm nach unten gleiten. Genau wie eingeübt rutscht die goldene Uhr über mein Handgelenk und kommt direkt über den Goldringen zum Vorschein. Die Uhr zieht mich fast zur Seite, ich bekomme beinahe Schlagseite und muss mich mühsam an der Stange festhalten.
Ich erwarte in diesem Moment kein Kreischen oder Aufschreien der Fahrgäste vor Faszination, nein, aber es liegt plötzlich so eine Spannung, so ein merkwürdiges Knistern in der Luft, was sich durch den ganzen Bus zieht. Ich spüre es genau. Niemand von denen sieht mich direkt an, aber das kenne ich nur zu gut, aber in den Spiegelungen der Busscheiben erkenne ich genau:
„Es richten sich alle neidischen Blicke zu mir in meine Richtung."
Als ich mich dann kurz selber im Spiegelbild ertappe, bin ich nicht nur gänzlich beeindruckt, sondern regelrecht überwältigt. Dann vernehme ich ein leises und angenehmes Klingeln eines Handys hinter mir, und ich drehe meinen Kopf sehr vorsichtig, aber unauffällig nach hinten, als hätte ich das sowieso gerade getan. Doch hinter mir steht ein ebenfalls sehr elegant und teuer gekleideter Mann. Er trägt die gleichen Sachen wie ich? Er sieht sogar fast so aus wie ich! So ein Zufall, er hält sich mit einer Hand voller Goldringe an den Fingern, an der Haltestange des Busses fest und trägt in der anderen Hand einen Aktenkoffer aus Schlangenleder mit goldenem Riegel und Griffen.

Er telefoniert leise, aber es macht einen ganz wichtigen Eindruck. Klar, er benutzt ein Headset, auch erkenne ich, dass er einen goldenen Bügel hinter dem Ohr trägt, integriert in einem Ohrenstöpsel mit einem geschliffenen Diamantenkopf eingebettet.
Ein Diamant, der bei jeder seiner kleinsten Bewegung in einer anderen Farbe funkelt. Ein goldener Bügel verläuft im Bogen bis zu seinem Kinn. Ganz am Ende thront ein kleines, aber recht auffälliges, goldenes Mikrofon, was reichlich mit altägyptisch anmutenden Verzierungen versehen scheint! Das Kabel ist mit fein geflochtenem, echtgoldenem Gewebe ummantelt; es verschwindet dezent unter dem Kragen in seinem edlen Jackett und taucht dann erst wieder kurz auf, als es in der Westentasche zu einem goldenen und glänzenden mahagoniholzverzierten Handy führt, welches ein ganz kleines Stück ist, aber sehr dezent aus der Westentasche ragt. Das Lämpchen am Handy leuchtet ziemlich stark, und ich bin total davon geblendet, als wäre es ein Laser, der die Aufgabe hat, diverse „Hingucker" zu vertreiben. Aber sensationell! Es verschlägt mir fast den Atem, ich stehe kurz vor der Schnappatmung.
Meine Blicke lassen sich nicht mehr von ihm abwenden, und dieser Typ guckt nun auch schon ganz schräg zu mir rüber. Ich will wegschauen, aber es gelingt mir nicht.
Der Bus hält gerade an einer sehr unwichtigen Haltestelle an, alles nur betonierte Landschaft. Beton, soweit das Auge reicht, ansonsten nichts!

Dieser „Jemand" schaut mich noch grinsend vor dem Aussteigen an. Er bleibt draußen einfach neben dem Bus stehen.

Die Türen schließen sich wieder vor seiner Nase und alle Menschen im Bus sehen ihn staunend durch die Fenster an! Einige stehen sogar auf!

Hat er mir die Show gestohlen?

Ich verliere in diesem Moment gnadenlos an Haltung, mein Körper klappt regelrecht und demoralisiert in sich zusammen, und ich muss mich mit beiden Händen krampfhaft an der Haltestange festhalten, da der Bus nun zügig und mit wahnsinniger Beschleunigung weiterfährt.

Die Schlaglöcher der Straße rütteln mich regelrecht auf die Knie und ich sacke haltlos zu Boden.

Es kommt mir vor, als würden meine Hände mich nicht mehr lange halten können. Ich richte mich mit großer Mühe wieder auf, kämpfe mich schleppend von einer zur anderen Haltestange weiter bis zur Tür. Leider kann ich hier in meiner Verzweiflung nirgends eine Notbremse finden.

Bei jedem Schlenker, den der Bus während der Fahrt macht, empfinde ich es so, als hinge ich hoch oben an einer Balkonbrüstung eines Hochhauses bei Windstärke 10. Als wäre das hier für mich die letzte Station eines Spießrutenlaufs.

Ich ziehe mich wieder hoch und versuche mit letzter Kraft, den Halteknopf weit oben an der Stange zu erreichen, aber ich schaffe es einfach nicht.

Das Leuchtschild mit dem Hinweis: „Wagen hält an
der nächsten Haltestelle" leuchtet dann aber
trotzdem in einer absolut grellen Leuchtschrift auf.

Eine Mutter mit ihrer kleinen Tochter an der Hand
hatte einfach auf den Knopf gedrückt, sie wollen
ebenfalls aussteigen.
Sie stehen beide bewegungslos da ohne sich
festzuhalten. Sie schauen mich schweigend an,
als etwas hinter mir im Busabteil klingelt.
Es klingelt sehr lautstark und ich muss mir die Ohren
zuhalten!
Klingeling! – Klingeling!

Das ist doch eine Fahrradklingel, und die kenne ich
doch irgendwo her? Ich drehe meinen Kopf mühevoll
nach hinten und sehe Björn! Er steht mit seinem
Fahrrad mitten im Gang des Busses und will jetzt
durch. Er sitzt einfach auf seinem Fahrrad drauf,
grinst mich dabei an, klingelt dauernd,
und sagt ganz oft hintereinander:
„Hallo Helmut, Helmut bist du denn da?"

Und er klingelt dabei immer weiter. Warum hört er
nicht einfach damit auf? Ich verstehe nichts mehr,
diese Situation wird so unwirklich und unbegreiflich
für mich, das ganze Bild verschwimmt um mich
herum und ich werde von einem hellen Licht
geblendet.

Kapitel 15

Jetzt kann ich langsam wieder etwas erkennen.
Aber wo bin ich? Meine Augenlider sind noch ganz
schwer und warum schmerzt mir der Rücken so?
Ich sehe mein Wohnzimmerfenster sehr
verschwommen vor mir? Durch das Fenster scheint
die Sonne sehr hell hinein und blendet mich.
Ich werde immer wacher und begreife allmählich,
dass ich hier zu Hause liege, wie verknotet und
zusammengerollt auf dem Ohrensessel.
Ich war wohl vorhin beim Lauschen der tickenden Uhr
wieder eingeschlafen. Das ist ja dermaßen peinlich,
ich hatte meinen geplanten Auftritt und die gesamte
Busfahrt nur geträumt? Regelrecht verschlafen?

„Klingeling! Klingeling!" Ich zucke zusammen:
„Was klingelt da draußen an der Tür!"

Die grausame Realität hat mich also wieder.
Ich höre Björn von draußen rufen:
„Helmut, bist Du denn da? Helmut, hallo Helmut?"

Ich halte mir sofort meine A2P-Uhr ans Ohr,
ob sie noch geht, aber ich vernehme zu meiner
Erleichterung ein leises und beruhigendes Ticken.
Ich lehne mich beim Ausatmen zufrieden zurück in
meinem Ohrensessel und werde von ihm sanft
aufgefangen. Ich muss dabei etwas beschämt vor
mich hin grinsen, denn wie viele Menschen auf dieser
Welt ahnen gar nichts von meinem großen Glück,
meiner neue A2P-Trophäe!

Mit diesem erhabenen Gefühl beschließe ich einfach, noch ein Stündchen weiter zu schlafen.
Aber dann holen mich meine Gedanken immer wieder zurück, zerren und rütteln an mir herum, und ich muss mir ständig die eine Frage stellen:

Ein schwarzer Aktenkoffer, mit Schlangenleder-Design und Gold verziert, ein Freisprechbügel, gestaltet wie ein altägyptisches Schmuckstück der königlichen Hoheit?
Ein elegantes, aus hochwertigem Mahagoni gestaltetes Handy?

Ergo:
„Das war doch ein Wink des Schicksals.
Der Ruf des Meisters persönlich!"

Nun schießt mir doch glatt so ein Nobelladen durch den Kopf. Dieses Geschäft im Zentrum würdigte ich vorher nicht einmal eines Blickes, und ich ging immer schnurstracks daran vorbei.

Genau darum bin ich gerade eben zu dem Entschluss gekommen, dass ein gewisses Kapital ja schließlich auch verpflichtet, nämlich die Wirtschaft im Lande anzukurbeln.
Da könnte ich meine edle Wenigkeit vielleicht hinbewegen, um mich erst einmal fürstlich beraten zu lassen. Sie führen dort nämlich genau solche beeindruckenden und extravaganten Accessoires, die meiner würdig sind.

Dieses vornehme Geschäft ist sogar schon von weitem zu erkennen, denn davor drängeln und drücken sich die „Schaulustigen" an den Schaufensterscheiben die Nasen platt.

Doch im Inneren des Geschäftes, hell erleuchtet im Rampenlicht, verkehren und bewegen sich natürlich nur die Promis und absolut Reichsten der Gesellschaft. Und man beschäftigt an der Ladentür sogar einen Pagen in Hausuniform.

Ich sage mal ganz locker, dieser Laden dürfte an mein Niveau heran kommen, vielleicht so etwas wie meine zukünftige Anlaufstelle?

Im gleichen Moment verspüre ich so ein körperliches Hochgefühl, und wie sich plötzlich wieder der Jagdinstinkt in mir ausbreitet.

Mit einer typisch lässigen Handbewegung starte ich ziemlich aufgeregt mit einem gezielten Knopfdruck die Maschine der künstlichen Intelligenz.

Zig Terabyte füllen sich mit Energie und lassen meinen Rechner wie mit lautem Siegesgebrüll hochfahren. Das ist mein persönliches Zeichen, der wilde Ruf nach mir, und er bereitet mir immer noch eine Gänsehaut! Der Thron für den Meistre aller Klassen steht damit bereit zu Diensten.

Möchte hier vielleicht noch irgend jemand behaupten, er wüsste über die Schnäppchenjagd besser Bescheid als meiner Einer, so solle er jetzt besser schweigen oder nie wieder das Gegenteil behaupten.

So sicher wie das Amen in der Kirche werde ich im
Internet zweifelsohne die gleichen Accessoires,
dann aber viel billiger, finden.
Und die große Jagd nach Schnäppchen nimmt erneut
seinen spektakulären Lauf.
Ich habe schon längst eine zuverlässige Fährte
aufgenommen und befinde mich bereits schon direkt
auf dem besten Weg zum finalen Ziel.

Und der Erfolg wird mein sein, darum lasset euch
noch eines von mir gesagt sein:

Augen auf, denn

„Im Internet ist alles billiger."

ENDE

Michael K. Jungmann

Helmut auf Geschäftsreise

Belletristik, Geschichte, Anno 2020

Deutschland, Sachsen-Anhalt, Mansfeld-Südharz, Tilkerode

Kapitel 16

Helmut F. auf Geschäftsreise

Es gibt ein paar Dinge im Leben, die sollten einfach mal frei ausgesprochen werden. Und so wahr ich Helmut F. heiße, möchte ich Ihnen etwas Wichtiges auf dem Weg geben:
„Ich persönlich, habe überhaupt keine Probleme!"
Auch wenn Ihnen das nicht normal erscheint, aber bei mir ist alles in bester Ordnung. Das drückt sogar schon im tieferen Sinne mein Name aus: „Helmut"
Dieser Name besteht gewissermaßen aus der Zusammensetzung „Held" und „Mut", und das spricht doch bereits schon für mich. Oder?
Eines aber lassen Sie mich bitte noch erwähnen:
„Ich bin weder ein Angeber noch bin ich arrogant oder habe irgendwelche Komplexe! Es ist nämlich genau das, was man mir immer nur einreden will."

Ich kann mich selber genau erinnern, schon meine Mutter hatte mich damals mit ernsten Blicken angesehen und sich dabei laut gefragt:
„Vielleicht ist der kleine Helmut doch gar nicht so dumm geboren? In Gegensatz zu dem, was all diese anderen Menschen fest behaupten."
Klar, erweckt das in vielen Menschen ein gewisses Gefühl von Neid oder auch den großen Wunsch, vielleicht mal so zu werden wie ich.

Nur ein ganz kleines Beispiel nebenbei erwähnt,
so eben aus meinem Leben gegriffen.
Ich habe einfach nur als anständiger Bürger,
der seine Rechte kennt und bescheid weiß, mein mir
zustehendes Recht wahrgenommen und alle Briefe
vom Hartz4-Amt ungeöffnet in die Tonne getreten,
äh, entsorgt. Schließlich bin ich ja gewissermaßen
auch nicht dazu verpflichtet, mich mit jedem
Menschen auf dieser Welt zu unterhalten!

Und mit diesen Briefen ist es doch genau das Gleiche,
es sind doch meine eigenen Briefe!
Wenn diese meinen Namen tragen und in meinem
eigenen Briefkasten liegen, kann ich damit auch
machen, was ich will!
OK, an einem ziemlich unscheinbar wirkenden
Morgen, einem bis dort hin noch recht angenehmen
Vormittag, wie ich glaubte, erhalte ich prompt einen
persönlich zugestellten Einschreibbrief von diesem
mysteriösen Hartz4-Amt.
Und dazu noch diese schamlose Erpressung des
Briefzustellers vor meiner eigenen Haustür:
„Erst die Unterschrift, dann der Brief!"

Wir standen uns wie im Wildwestfilm, wie bei einem
Duell gegenüber, Auge in Auge!
In diesem Moment hörten sogar die Vögel auf zu
zwitschern, weil dieser „Fix Niedlich von der Post"
mich nicht einmal gefragt hatte, ob ich überhaupt
meine eigene Unterschrift in so einen digitalen
Apparat eingeben möchte.

Hallo? Haben die überhaupt schon mal was von Datenschutz gehört?
Wer von Ihnen, und jetzt mal ganz ehrlich gesagt, auch schon einmal zum Opfer einer so heimtückischen Zustell-Attacke wurde, kann bestimmt gut mitfühlen, wie solch eine Niederlage, einen aufrechten und gestandenen Mann, im Höhepunkt seines Lebens stehend, derartig zerbrechen kann.

Denn eines kann ich nur dazu sagen, nämlich dass mich kein Gesetz davon abhalten wird, bereitwillig und in Selbstjustiz zum Messer zu greifen!
Es ist ein stehendes Messer mit überlanger Klinge aus dem Brotkasten, ich werde es ohne zu zögern einsetzen, um diesen feindseligen Einschreibbrief mit Abneigung und dem Gefühl von Würgereiz zu öffnen.

So vollziehe ich diese skrupellose Tat sehr bewusst und öffentlich, vor meinem eigenen großen Garderobenspiegel, da ich mein Spiegelbild höchst persönlich für diesen beweispflichtigen Moment zu meinem alleinigen und vertrauten Augenzeugen erklärt habe.
Ich ziehe also das Schriftstück mit meinen weit vorgestreckten Armen und sichtbar für alle, hemmungslos mit einem Ruck aus dem Umschlag, genau so, wie einen Bösewicht am Schlafittchen.
So dass diesem Bösewicht gnadenlos jede Art von Hoffnung genommen wird und es für ihn kein Zurück mehr gibt.

So scanne ich sofort mit der gehörigen Portion Misstrauen die ersten Zeilen mit meinen Augen ab, und schraube währenddessen meinen Adrenalinspiegel in eine angemessene Höhe.

Wäre das hier eine Filmszene, oder hätten wir vielleicht gerade Vollmond, würden sich jetzt meine Krallen ausfahren, meine Zähne zu furchterregenden Reißzähnen werden, während sich der Rest meines Körpers in die Gestalt eines übergroßen Wolfes verwandeln würde.

Doch große Fassungslosigkeit trübt mein Wesen, zwingt mich auf den Boden der Tatsachen.
Die Kinnlade fällt mir mit einem Gefühl von Schwindel auf die Brust, als sei ich in diesem Moment zum Gartenzwerg geschrumpft.

In diesem Schreiben verlangt man unerhörterweise von mir, dass ich an einer zweitägigen, weiterbildenden Maßnahme teilnehmen muss.
Das klingt in diesem hässlichen Schriftstück so erniedrigend, als wollten die mich gleich in Handschellen abführen lassen!

Liebe Leser:
„Und da haben wir wieder mal den besten Beweis: Es sind immer nur die anderen, die mir ständig ihre eigenen Probleme aufhalsen wollen!"

Und jetzt sage ich es noch einmal ganz deutlich fürs Lockbuch: *„Wir befinden uns hier gerade an einem Mittwochnachmittag! ...Und, klingelt da was?"*

Ich soll mich also gleich morgen, am Donnerstag, ganz in der Früh, um 09:00 Uhr, in so einem Konferenzraum irgendeiner mir unbekannten Bildungsstätte einfinden. Das klingt doch wie eine Zwangseinweisung! Müsste man mir jetzt nicht meine Rechte vorlesen? Jedem Schwerverbrecher würde man in der gleichen Situation aber sofort einen kostenlosen Anwalt stellen!
Und ich soll mich „pünktlich" bei dieser Adresse einfinden, und mich dann, wie zu meiner eigenen Hinrichtung, wie so ein kleiner dummer Schuljunge zum Nachhilfeunterricht bei dem „Coach" melden? Die im Brief haben mich sogar bedroht, die werden mir sonst den Hartz4-Satz kürzen! Sie besitzen sogar die Frechheit und legen noch einen drauf, drohen mir damit, die Zuzahlung meiner angeblich „überteuerten" Mietwohnung zu streichen!
Aber sollen die sich doch ruhig aufregen, das tangiert mich peripher. Da bleibt nur noch eine Lösung übrig, sage ich mal:
„Ich muss eine richtig gezielte Gegenmaßnahme ergreifen. Aber eine, die mal richtig gesessen hat."

Kapitel 17

Also werde ich mich heute gezwungener Maßen etwas früher in mein Gemach begeben, um somit ganz in Ruhe, gedanklich vertieft mit meinen helmutschen Beratern, nach einer Lösung zu suchen.

Ich werde gnädig das Gefühl in mir tragen, als besäße ich eigenes Personal, und habe denen großzügigerweise für den Rest des Abends frei gegeben, um während der hiesigen Konferenz in meinem Kopf nicht gestört zu werden.
Bewaffnet mit der geballten Ladung an Argumenten, knipse ich sehr konsequent das Licht aus, um nun hiesige Pläne zu schmiegen, und mir eine perfekte Strategien auszufuchsen. Doch unmittelbar nach dem Ausknipsen der Lampe schließen sich meine Augen und ich falle sofort in einen kuscheligen Tiefschlaf.
So beginnt nach meinem ausgiebigen „Schlaf der Gerechten" dieser neue Donnerstag für mich bereits schon in der Früh, auf sehr furchtbare Art und Weise! Nämlich mit dem endlos nervenden Geklingel des Weckers. Das habe ich lange nicht mehr erleben müssen, und ich weiß wahrhaftig, genau so etwas sollte mir nie wieder, weder in diesem, noch im nächsten Leben passieren. Heute wird also der große Tag meines Auftrittes, aber ich werde mich auch ohne große Strategie bei dieser Adresse einfinden. Mich vielleicht nur rein aus Neugier und im sicheren Abstand dort nähern, als hätte ich sowieso gerade zufällig etwas in der Nähe zu erledigen gehabt.
Vor Ort werde ich dann ganz vorsichtig mal die Lage peilen, was die überhaupt von mir wollen. Nun sitze ich schon einige verträumte Minuten am Bettrand und blicke nach wie vor voller Bewunderung, und das mit zusammengepressten Lippen, auf meine goldene Armbanduhr.

Ich trage meine Uhr selbstverständlich auch in der Nacht:
„Denn die Zeit macht schließlich auch beim Schlafen nicht halt."

Voller Stolz erhebe ich mein Haupt, denn das war ein wahrhaftig gedachter Satz, und vor allem persönlich von mir selber kreiert.

Eigentlich ist es jetzt an der Zeit, mich schleunigst auf den Weg zu machen, damit mich mein berechneter Bus noch pünktlich erreicht!
Ratsfats schlüpfe ich in meine vornehme Standartgarderobe, bin somit eins drei fix nach guter Vorbereitung salonfähig, um meine glorreiche Mission des Tages mit Bravour zu meistern.
Aber schon an der ersten Hürde komme ich nicht vorbei! Es ist mein irgendwie kluger, vertrauter aber hartnäckiger Wandspiegel an der Garderobe.
Er ist wie ein Türsteher und checkt mein Outfit immer ab, bevor ich das Haus verlassen darf.
So verlangt er ausgerechnet heute morgen noch eine kleine Korrektur an mir. Aber wie mir scheint, kann es sich hier natürlich nur um einen Irrtum handeln, eben eine Kleinigkeit, die etwas mit dem angeblich lichten Haar zu tun haben soll.
Doch es handelt sich hier mit hoher Wahrscheinlichkeit nur um eine optische Täuschung wegen des hellen Spot-Strahlers über dem Spiegel.

Kapitel 18

Dann ist alles wie immer perfekt, und so verlasse ich makellos schick und mich in guten Zwirn gesteckt, die Parterrewohnung.
Das zugleich mit großer Euphorie und so überlegen wie ein unbeugsamer Krieger, der sich siegessicher, und wohl geschmückt wie ein goldener Reiter aus seiner Festung entfernt.

Mit der entsprechenden Würde trage ich sichtbar meine goldene Uhr, meine dicke Panzer-Goldkette, auch die so wuchtig verzierte Krawattennadel und dazu noch die unzählig aneinander gereihten Goldringe. Alles glänzt wie frisch gewienert, und selbstverständlich lässt mich auch der restliche Goldschmuck, elegant wie immer ins rechte Licht der, ich sage mal, gehobenen Gesellschaft rücken.
Und wie sagt man doch hier zu Lande so schön:
„Vornehmen geht die Welt zu Grunde!"

Nur eines erweckt hierbei noch drastisch meinen Unmut. Es dreht sich lediglich um ein eher unwichtiges Accessoires. Ja, es dreht sich hier nur um eine schlichte Plastiktüte, in der ich meine Unterlagen verstaut habe. Sie ist leider die einzige Tüte, die sich noch in meinem Besitz befindet, danach hätte mich beim Einkauf jede weitere Tüte schließlich 50 Cent gekostet!

Optisch gesehen, ist diese jämmerliche Tüte für mich
ein Gräuel, doch viel schlimmer ist die Tatsache,
dass sie übelst nach Fisch riecht.
Doch das könnte sich draußen an der frischen Luft
vielleicht etwas legen. Also werde sie besser so weit
vom Körper wegtragen, als wenn sie gar nicht zu mir
gehört.

Mir schießt bedauerlicherweise in diesem Moment
meine lang ersehnte Aktentasche durch den Kopf,
die ich mir schon seit langem kaufen will!
Wie ist das nur erschütternd für mich zu wissen, dass
sie irgendwo mit ihren perfekt verzierten goldenen
Griffen und im schwarzen Echtleder im Regal eines
Nobelgeschäfts sehnsüchtig auf mich wartet. Will
endlich von mir freigekauft und gerettet werden.
Diese jene, die wahrscheinlich wie ein Kind nach mir
Ausschau hält, was den Vater aus den Augen verloren
hat und haltlos nach ihm ruft!
Doch dieses Szenario jetzt und hier, mit so einer
lächerlichen, stinkenden weißen Tüte, beidseitig mit
einem großen, lachenden Fischkopf drauf, das ist
hochgradig peinlich und das wird mir bestimmt nie
wieder im Leben passieren.
Diese Situation sollte ganz schnell der Vergangenheit
angehören und nie wieder in meiner erfolgreichen
Lebensgeschichte erwähnt werden.

Oje, rein zeitlich gesehen ist bereits längst mein
Countdown gefallen, also setze ich mich zügig in
Bewegung.

Ich schleiche mich muxmäuschenstill aus der Wohnungstür, schließe diese ganz leise von außen ab, als doch im selben Moment mein Nachbar Björn hinter mir, ausgerechnet seine Wohnungstür mit lautem Gerumpel öffnen muss, als hätte er mir regelrecht aufgelauert.
Er kommt gleich einen Schritt auf mich zu und begrüßt mich mit heftigem Handschlag!

Björn spricht gleich mit lauter Stimme los:

„Mensch, Helmut, guten Morgen, so früh und noch vor sieben Uhr unterwegs? Bist du aus dem Bett gefallen? Wo solls denn hingehen, Helmut?"

Etwas ertappt, verärgert und überrumpelt murmle ich zurück:
„Ich habe jetzt keine Zeit zum Quatschen, Björn. Ich muss dringend los. Ich gehe heute auf Geschäftsreise."
Björn:
„Mensch Helmut, klasse, du hast es ja echt ganz weit gebracht. Schick mir doch mal ne Ansichtskarte!"

Auf Abwehr gemünzt, sage ich beim Weggehen:
„Ach Björn, nächstes Mal, ich hab jetzt deine Adresse grade nicht bei."
Björn:
„HaHaHa, echt cooler Witz Helmut!
Was hast du denn da für ne komische Tüte bei, stinkt die etwa so? Ist die noch vom alten Fischmarkt?"

Diskret ignoriere ich diese erniedrigende und doch etwas schmerzende Bemerkung und verlasse das Treppenhaus zügig nach draußen.
Ich ziehe währenddessen den Fischgeruch wie einen langen Schleier hinter mir her, was mich aber nicht im geringsten stört.

Kapitel 19

Ich schaue kurz auf meine goldene Armbanduhr, orientiere mich eher am Sekundenzeiger und laufe folglich etwas schneller im Dauerlauf, damit der nächsten Bus mich an der Haltestelle nicht verpasst.

Sicherheitshalber bin ich fast eine Stunde früher als nötig losgegangen, um nicht nur pünktlich, sondern als erster dort im Bildungscenter anwesend zu sein. Hab ich mir überlegt. Das macht schließlich immer einen besonders guten Eindruck.

Doch diese ganzen Schlafmützen, die vor mir auf dem Gehweg von rechts nach links herumirren, quer über den Weg ihre Hundefangleinen spannen, behindern drastisch meinen ausgefuchsten Zeitplan.

Ich werde mich hier bestimmt nicht auf irgend einen Slalomlauf einlassen, darum muss ich diesem Fußvolk wenigstens nach dem Überholen die Schulter zeigen, sie vielleicht ganz aus Versehen etwas mit der Schulter schneiden und auf die Standspur drängen, damit sie dort ganz in Ruhe vor sich hin meckern können.
So ergibt sich auch keine weitere Alternative, und ich muss über diverse Hundeleinen steigen.

Bewiesenermaßen kann ich mein Timing mal wieder perfekt einhalten, denn der Bus trifft genau zeitgleich mit mir an der Haltestelle ein.

Jedoch gehörten die langen Menschenschlangen an der Haltestelle nicht zum Bestandteil meiner Berechnung. So werde ich diese auch nicht weiter in Betracht ziehen. Darum steige ich mit lang nach vorne ausgestrecktem Arm nun gleich ganz vorne und als erster vor der Schlange in den Bus ein.

Ich mache währenddessen und unüberhörbar eine klare Ansage:

„Achtung, Vorsicht! Ich bitte hier mal um Vorrang! Ich habe es schließlich sehr eilig!"
Und drängle mich also gleich vorne als erster in den Bus rein und gehe danach zügig bis ganz nach hinten zu den besseren Plätzen durch.

Ich muss mir ja das Gemecker dieser frustrierten und kleingeldstapelnden Menschen an der Fahrerkasse nicht länger anhören.

Wozu bin ich denn schließlich stolzer Besitzer einer Monatskarte des hiesigen Beförderungsunternehmens?
Die gibt mir schließlich das vorrangige Recht, mich als Passagier mit Anspruch auf einen „Sitzplatz meiner Wahl" zu betrachten.
Hatte sogar schon in Erwägung gezogen, mir diesbezüglich ein Namensschild anfertigen zu lassen.
Somit darf der Busfahrer mich sogar persönlich mit Namen begrüßen.
Der Bus setzt sich nun endlich wieder in Bewegung, jedoch etwas verspätet!

Ich schaue deutlich erkennbar für alle, die mich gerade strafend anblicken, auf meine Uhr und schüttele dabei verständnislos den Kopf, bis es auch endlich diese Meckertante auf den billigeren Plätzen da vorne mitbekommen hat!

Denn in der unüberhörbaren, lauteren Diskussion hatten mich diese Nörgler, völlig ungerechterweise als „Vordrängler" und „Fischkopf" beleidigen wollen.

Aber bei so etwas stehe ich natürlich weit über den Dingen.
Ich habe mir also wieder einen Fensterplatz in Fahrtrichtung und auf der Fahrerseite ergattert.
Neben mir sitzt sonst immer meine Jacke,
aber heute ist es mal die schwer geduldete Plastiktüte.
Nicht jeder hat einen Sitzplatz bekommen,
und einige ältere Leute müssen sogar stehen.
Nun träume ich mit zufriedenem Gesicht aus dem Fenster, bin stolz auf mein Timing, und kann endlich über den anstehenden Werdegang des heutigen Tages und all das, was noch so auf mich zukommen wird, in Ruhe nachdenken.

Ich befinde mich also auf dem Weg zu einer wichtigen, und erfolgversprechenden Geschäftsreise, wobei ich mich bei diesen Gedanken schließlich alles andere als klein machen müsste.
Ich setze mich wieder erhobenen Hauptes und voller Stolz aufrecht auf meinen wohlverdienten Platz und checke mit einem Rundumblick die Lage.

Sofort holen mich meine Gedanken wieder ein.
Aber mal ganz unter uns gesagt, könnte ich diese Maßnahme eines öffentlich anerkannten Amtes auch von der anderen Seite aus betrachten, dass schließlich nicht jeder dort daran teilnehmen darf.

Ich fungiere hier gewissermaßen schon als jemand der auserkorenen Elite.

Meine positive Seite in mir flüstert mir leise zu:

„Großer Helmut! Du befindest dich schon auf der freien Startbahn zu deiner zweiten steilen und erfolgversprechenden Karriere als Quereinsteiger. Du hast es sogar schwarz auf weiß in deiner Tüte stecken.
Was könntest du im Leben noch mehr erreichen als das?"

Tüte? Musste das jetzt sein, ich hatte die ganze Zeit versucht, diesen penetranten Fischgestank zu ignorieren.

Jedoch muss ich mir eingestehen, immerhin kann ich mich mit diesem tieferen Sinn dieser gedachten Worte wohl recht gut identifizieren, denn das trifft absolut den Nagel auf den Kopf.

Schon ein kluger Mann sagte mal:
„Nur wer eine große Reise wie Helmut F. antritt, der wird auch ein weites Ziel erreichen."

Ich muss bei diesem Satz unweigerlich die Augen zukneifen, und balle dabei beide Hände fest zu Fäusten, um meine Gänsehaut zu überwinden.

Dieser weise Satz klingt genau so, als beschreibe er gerade mich und mein Leben, jetzt und hier, und als sei er schon in der Vergangenheit nur für diesen jetzigen Moment entworfen worden.

Gleichzeitig schießen mir einige bekannte Größen der vergangenen Zeiten durch den Kopf.
Jene Größen wie es bekanntlich Martin Luther war, der geniale Helmut, oder wahrlich auch der kluge Albert.
Für euch natürlich eher bekannt als der
„Herr Einstein".

Und wer „Der geniale Helmut" ist, ich bitte euch, diese große Geschichte wird doch gerade erst hier geschrieben!
Bei dieser hiesigen Maßnahme des hohen Amtes, mit anderen Worten, auf deren glorreichen Wege mich meine Parade gerade triumphierend dem Ziele entgegen führt, wird der Mensch zurück zu seinen eigentlichen Wurzeln geführt, um sich tief mit Mutter Natur zu neutralisieren.

So werde auch ich mit der puren Natur völlig neu in Kontakt treten, mich sowohl auf ihr in Demut kniend, als auch mit meinen eigenen völlig unbefleckten Händen tief, fest und bedingungslos in ihren sandig feuchten Boden hinein erden.
Mich überkommt bei diesen Gedanken plötzlich das panisch-zwanghafte Verlangen, mir ganz schnell mit meinen Erfrischungstüchern die Hände zu reinigen.

Ein Glück, dass ich mir die Taschen beim letzten
Besuch am Würstchenstand mit diesen Tüchern
vollgestopft hatte.

Kapitel 20

Oh, ich glaube, mein Bus hat mein Ziel gleich
erreicht. Wird hier also der historische Ort des
Geschehens, meiner Wiedergeburt sein?
Werde ich also bald, auf rein philosophische Art,
für mich all die Naturgesetze neu definieren können?

Mit der großen Hilfe des technischen Fortschritts
lasse ich die geballte Muskelkraft nur noch
zweitrangig werden, oder sogar weit der
Vergangenheit angehören?
Ganz anders, als es die Höhlenmenschen der
vergangenen Zeit taten, die, ohne zu wissen, nur mit
ihren Keulen loszogen und nie wiederkehrten.

So werde ich all jenen Menschen als der Pilot einer
neuen Ära, auf unsere bevorstehende Zukunft weisen,
und das nicht nur theoretisch, sondern auch
praktisch, auf vollkommen neuen Wegen zu
verstehen geben, um die Natur nahezu neu zu
erschaffen, und dazu noch riesige Berge versetzen
können.

Das hier wird nämlich in den nächsten beiden Tagen der Kleinbagger- und Gabelstaplerschein- Crash-Kurs vom Hartz4-Amt werden.
Und sollte einmal vor diesem Gebäude, direkt dort, wo auch gerade mein Bus Endstation hat, jemals ein monumentales Denkmal auf diesem leeren und kahlen Vorplatz errichtet werden, so wird es nicht nur ein gigantischer Bagger auf der Spitze eines hohen Steinberges sein, deren Schaufel weit nach oben gestreckt in den Himmel ragt, um die Sonnenstrahlen zu brechen, sondern dieses Denkmal erhält noch seine besondere Geltung durch eine so stattliche und respektable Arbeiterstatur wie die meine, als den patriotischen Baggerführer.

Er trägt in einer Hand seine Thermosflasche, und unter dem anderen Arm hält er den Bauhelm fest eingeklemmt.

Jeder Schüler dieses Tempels, woher er heute auch des lernens bereitwillig ist und herkommt, braucht im Leben nun mal ein richtiges Idol.
Von jedem einzelnen Davorstehenden wird man bestimmt wahrhaftig denselben Satz aus aller Munde hören, welche Worte die Geschichte viel zu selten schrieb:
„Er war ein Genie!"
Nun stehe ich immer noch, und als einziger an der leeren, verlassenen Haltestelle und bewundere das in meiner Phantasie erdachte Denkmal.

Ich stolziere einfach, wie auf einer Zeitreise, durch die Vergangenheit über den noch leeren großen Vorplatz, direkt auf dem kürzesten Weg hinein in den Lehrtempel.

Ich öffne mit sehr viel Kraftaufwand die gewichtigen Tore aus geschmiedetem Stahl, welche bestimmt für manch einen zum unüberwindbarem Hindernis werden könnten, weil ihnen in der Arbeitswelt noch nicht so kräftige Hände und starke Arme von der körperlichen Arbeit gewachsen sind.

Obwohl ich hier zu einer recht überfrühten Uhrzeit alleine in der Vorhalle stehe, den eigenartigen Geruch vernehme und ihn tief in die Lunge inhaliere, überkommt mich ein wohlig Gefühl, nämlich angekommen zu sein.
Ich fühle mich wie der einzig ungeschlagene Gladiator in seiner Arena.
Ich erwarte jetzt und hier keinen Jubel oder großen Applaus, nein, genau aus diesem Grunde bin ich ja auch dem Trubel zeitlich etwas voraus geeilt.

Da ich jetzt und hier also über eine Stunde früher zugegen bin, ergibt sich für mich die einmalige Gelegenheit, der Putzfrau mit ihrem Handwagen und den unzähligen Reinigungsflaschen darauf in den Räumlichkeiten, also genauer gesagt, gerade hier im Konferenzraum noch zu begegnen.
Vier Augen sehen natürlich mehr als ihre zwei.

So kann ich der Putzfrau erfreulicherweise noch hilfreiche Tipps geben und ihr auf Anhieb noch viele Stellen zeigen, die sie beim Wischen wohl gänzlich übersehen hat.
Das kann ja mal vorkommen, ich werde sie nicht gleich deswegen schwärzen.
Dafür bräuchte sie mir lediglich nur meinen Tisch, kurz noch einmal etwas gründlicher abzuwischen.
Es ist der speziell von mir ausgewählte Tisch ganz vorne in der ersten Reihe, den ich allein nur für mich, nach vielem Probesitzen an anderen Tischen ausgesucht, und am Ende etwas weiter nach vorne zurechtgerückt habe.
Aber wahrscheinlich spricht die Schmutzfrau auch gar nicht richtig meine Sprache, sie wirkt auf mich jedenfalls ganz schön negativ eingestellt, angespannt und relativ reizbar, das muss ich aber mal deutlich sagen.
Ich war nett zu ihr, habe ihr sogar noch recht brauchbare Ratschläge beim Wischen gegeben.
Aber diese Arbeitswelt von heute ist ganz schön undankbar geworden.

Trotz allem vergeht die Zeit gerade ziemlich schwerlich. Während ich dem Boden beim Trocknen zuschaue, überlege ich mir, ob mir diese Stunde vielleicht als Überstunde angerechnet wird.
Wenn ich mir das so überlege, ist es auf jeden Fall ein erhabenes Gefühl, den Kurs als Einziger schon mit einer Plusstunde zu beginnen.

Kapitel 21

Doch allmählich ist es kurz vor 09:00 Uhr, die angenehme Ruhe wird nun relativ respektlos gebrochen, und der Konferenzraum beginnt sich schlagartig zu füllen.
Die Teilnehmer, also die Hartz4-Empfänger, die es diesmal, wahrscheinlich zum wievielten Male auch immer, als Quereinsteiger versuchen sollen, ziehen einen unangenehmen Geruch von Schweiß und kaltem Qualm von draußen mit in den Raum hinein.

Ich nutze die Gelegenheit, stehe auf, erhebe das Wort und begrüße sie alle allgemein mit den gutgemeinten Worten, dass wir doch alle auf Hände schütteln verzichten sollten, wegen der Bakterien und der Infektionsgefahr!
Tja, soll doch keiner nach dem ersten Tag schon krank feiern, stimmts?
Daraufhin nehme ich mir natürlich das Recht heraus, alle Fenster aufzureißen und erkläre den anderen dabei, dass erst die ganzen Sitzreihen hinter mir für die „Leerlinge" gedacht sind.
Ich betone bewusst das Doppel „ee", denn noch sind sie doch der Erfahrung „leer".

Das fiel mir einfach selber so ein, ist doch genial, oder? Und ein kleine Spaß am Rande lockert die Atmosphäre immer ein wenig auf.

Nach dem Öffnen der Fenster drehe ich mich herum, um die gewisse Aufmerksamkeit auf mich zu richten, und spreche eine weitere Ansage aus:

„Ich möchte alle Teilnehmer noch bitten, jetzt sofort die Kursbescheinigungen bereit zu halten."

Ich wähle noch bewusst einen Teilnehmer, der mir gerade ziemlich ignorant vorkommt, und fordere ihn höflichst auf, von allen Leuten hier die Blätter vom Amt einzusammeln und ordentlich an den Rand meines Tisches zu legen.

Dieser blasse Typ, der das gerade macht, sieht ziemlich gestresst aus, riecht nach dem Qualm einer gesamten Kneipe, er ist sehr dürr wie ein Steckling.

Er hält währenddessen noch immer seinen „Kaffeebecher to Go" in der anderen Hand fest, und erledigt prompt, was ich ihm aufgetragen habe.

Dann kommt so ein Mensch zur Tür hinein, bleibt einfach stehen und wartet, bis er die gehörige Aufmerksamkeit auf sich gelenkt hat.
Dann stellt er sich uns als unser Coach vor.

Der sagt, er ist der Herr Hektor, und wir dürfen *„Coach"* zu ihm sagen.

Ich schätze mal, all die anderen hier denken mit Sicherheit nicht dasselbe wie das, das einem scharfsinnigen Menschenkenner wie mir gerade durch den Kopf geht.

All die Minimalisten hier sind bestimmt froh,
jetzt ihre gewohnte, untergeordnete Rolle spielen zu
dürfen, endlich Ihrem Macher zu begegnen oder eine
Art Antreiber vor sich zu haben.
Dann können sie ihr Gehirn weiterhin schön auf
Sparflamme halten, wie sie es ohnehin in ihrem
Leben gewohnt sind.
Solche Menschen geben sich gerne mit dem
Geringsten in ihrer kleinen Welt zufrieden.
Vermeiden es vehement, selber gewisse Dinge zu
entscheiden.

Für mich ist dieser Coach, oder wie er sich hier
nennen will, nur ein unbedeutender Jemand, der aus
meiner Sicht im Zweifelsfall nur für uns seinen Kopf
hinhalten muss, und nix weiter als die Verantwortung
für uns übernehmen darf.
Und auf gleicher Augenhöhe ist mir dieses Gewächs
noch lange nicht. Wer hier am Ende der wahre
„*Macher*" ist, das werden die hier schon noch früh
genug sehen.

Nun ergreife ich im richtigen Moment der
allgemeinen Beruhigung die Gelegenheit, um mich
selber als wichtige Person mit ins Spiel zu bringen
und lenke die Aufmerksamkeit mit einem gezielten
und lautstarken Räuspern auf mich und stehe dabei
auf. Ich glaub das sind diese wichtigen
Erfolgsmomente im Leben, die auch schon die
großen Köpfe der vergangenen Zeiten erkannt
hatten, um Großartiges zu verkünden.

Ich stehe also aufrecht, gehe auf den Coach zu und schüttle ihm offiziell und sehr vertrauensvoll, als einziger Teilnehmer dieser Runde die Hand, um ihn im Namen der anderen Kursteilnehmer begrüßen zu dürfen.

Ich drehe mich zu den anderen kurz um, und beginne animierend in die Hände zu klatschen. Aber leider haben die den tieferen Sinn dieser Handlung nicht erkannt, und ich übergebe sofort dem Coach mit einem Kopfnicken und gleichzeitigem Augenzwinkern den Stapel mit den gesammelten Kursbescheinigungen in die Hand.

Es machte für all den Anderen bestimmt den Eindruck, als sei es so abgesprochen, eingeübt, als wenn wir das jeden Tag so machen, und ich ebenfalls zum Lehrpersonal gehöre.

Der Coach sieht mich fragend an:
„Und Sie sind?"

Ich antworte mit vorbildlich gestreckter Körperhaltung:
„Ich bin Helmut F., und mal ganz unter uns, du kannst mich ruhig duzen."

Der Coach:
„Wieso kommen sie in einem so teuren Zwirn hier her und tragen diesen ganzen Klunker? Verdammt noch mal, und was stinkt hier eigentlich so entsetzlich nach totem Fisch?"

Ich zeige unauffällig mit dem Finger,
eng vor meinem Körper haltend, auf diesen
schlaksigen Typen, der aussieht wie ein Steckling
und der gerade mit dem Rücken zu uns in seinem
Rucksack herum wühlt.

Ich kratze mich danach, Unschuld heuchelnd,
an der Schläfe, gehe zurück und setze mich.
So, mein erster erfolgreicher Auftritt wäre geschafft.
Hier werde ich mich in der kürzesten Zeit hervor
arbeiten, und mir alles an Informationen
herausziehen, für die weitere Karriere mitnehmen,
wofür andere wahrscheinlich viele Semester studieren
mussten.

Während der Coach in den gesammelten
Bescheinigungen herum blättert, macht er ein recht
fragendes Gesicht und schaut mich anschließend an.

Dann fragt der Coach mich:
„Warum steht da eigentlich immer nur Helmut F.
auf den Formularen drauf?
Wie ist eigentlich ihr richtiger Nachname?
Kann doch wohl nicht sein, dass hier nur ein F. steht!
Niemand in diesem Lande heißt ‚F' mit Nachnamen!"

Ich fühle mich jetzt etwas in die Erklärungsnot
gedrängt, aber es kann freilich jeder wissen, muss
doch kein Geheimnis bleiben, wie erfolgreich unsere
Familie auch schon in den vergangenen
Jahrhunderten war.

Ich stehe wieder auf, stelle mich neben meinen Tisch und erkläre es dem Coach und gleichzeitig auch den anderen Teilnehmern:

„Also das hat sich schriftlich der Einfachheit so ergeben, denn noch vor vielen, vielen Generationen hätte ich wahrscheinlich noch ‚Helmut von Ähvff ' geheißen, wenn nicht mein sehr angesehener Ur-Urgroßvater unseren Adelstitel `von`, sehr erfolgreich an den Höchstbietenden verkauft und damals schon mit seinem ausgeprägten Geschäftssinn, das gesamte verdiente Gold, ganz groß in den marktführenden Familienbetrieb investiert hätte, nämlich zu der beachtenswerten Herstellung von gebrannten Spirituosen."

Coach:
*„Aha, zu der Zeit also für eine Schwarzbrennerei? Ihr Onkel war also zu dieser Zeit ein illegaler Schnapsbrenner?
Hab ich das so richtig verstanden? Und der hat doch hoffentlich nicht alles selber ausgesoffen? Hahaha. So, jetzt mal Schluss mit der Märchenstunde!"*

Ich gleite langsam und unauffällig wieder auf die Sitzfläche meines Stuhles.

Kapitel 22

Als erstes möchte der Coach, dass wir uns schon wegen des morgigen Tages, für unseren praktischen Teil des Kurses in vier Gruppen aufteilen. Vier Gruppen sehe er als ideal.

Die einzelnen Gruppen sollen nach den Buchstaben A, B, C und D. benannt werden.

Wie ich bereits schon scharfsinnig beobachten konnte, haben sich ja irgendwie schon von selbst ein paar Tischgruppen gebildet. Wir sind hier in den vorderen Reihen schon irgendwie die Gruppe der Denker und der Macher, sozusagen die Köpfe aller Teilnehmer.
Eine andere kleine Gruppe, die ganz hinten Platz genommen hatte, besteht nur aus, ich sage mal ganz leise in Gedanken, „Blödmännern".

Die restlichen passen alle auch gut zusammen. Nämlich die Scheininteressierten, die einerseits nur aus Fragen und andererseits über einen geringwertigen Wortschatz verfügen. Deren Gesichtszüge werden gekonnt auf Interessiert verzogen.

Und selbst diese haben sich schon unbewusst in zwei Untergruppen geteilt. Denn die eine Hälfte von denen schreibt nämlich schon strebsam alles mit, was hier besprochen wird.

Doch dann ergibt sich hier die erste dramatische Situation für mich, nämlich weil unsere Gruppe den Buchstaben „D" erhält. Wir sind also Gruppe „D" und die Mitstreiter meiner Gruppe nehmen das einfach so kampflos hin?
Welch eine Niederlage! „D" wie drittklassig, Dummkopf oder Drecklöffel! Merkt denn hier noch jemand was? Das gefällt mir überhaupt nicht, wo bin ich hier bloß gelandet? Wer möchte bitteschön freiwillig im „D"-Team spielen?

Ich gehöre in die Gruppe „A", so wie sich das gehört, wie zum Beispiel das berühmt-berüchtigte „A"-Team in der Fernsehserie.

Wir sind das Primus-Team, und zu nichts Geringerem sollte ich dazugehören!

Ich stehe auf und schlage sofort eine freundlichere Benennung der Teameinteilung vor, denn wir sollen uns doch zusammen als Team-Player fühlen, die Wege und Schritte gemeinsam suchen,
so hat man es uns in der schriftlichen Kurs-Einführung auf den Weg gegeben.

Also schlage ich zwingend vor, wir müssten doch den Teams bestimmte, kreativ passende Namen aus der Natur geben. Wir arbeiten doch gewissermaßen mit, und sogar mitten drin in der Natur. Ist meine Idee nicht genial?
Ich wende mich zu den anderen um, erhebe die Stimme zu unserem gemeinschaftlichen und ersten großen Team-Problem.

Der verdiente Applaus war für mich als Sprecher in diesem großen Moment etwas sehr karg ausgefallen und sehr leise und spärlich zu vernehmen, kaum hörbar, um nicht zu sagen, so gut wie gar nicht vorhanden.

Ich denke mir, wenn hier jemand der König der Improvisation ist, dann sollte das hier niemand anderes sein als meiner Einer!

Also wende ich lautstark ein:

„Die Blödmänner dahinten in der Ecke wären doch bestimmt dankbar, wenn sie vielleicht eher als die Gruppe der `Erdmännchen` geführt würden.
Die beiden weiteren Gruppen könnten doch die Maulwürfe und Wühlmäuse sein.
Das passt doch toll hier her!
Wir zum Beispiel würden uns auf recht bescheidene Weise als die Königslöwen bezeichnen."

Ich weiß jetzt gar nicht, warum sich die Erdmännchen so bösartig, negativ aufführen, war denn mein Vorschlag so schlimm?

Erdmännchen? Ist doch toll, hätte sie ja auch als Schmutznasen oder Dreckfinken benennen können.

Also weiß man hier diesen hochwertigen, von mir eingebrachten Vorschlag nicht ganz so würdig zu schätzen, wie er es eigentlich verdient hätte.

Das heißt für mich also auf Deutsch, ich muss jetzt
irgendwie ganz schnell den Anker werfen
und ins „A" Team gelangen. Also notgedrungen zu
dem Haufen von Ziellosen wechseln!
Wen ich dafür aus der „A"-Gruppe schmeißen werde,
weiß ich bereits jetzt schon.
Da sitzt nämlich so ein Schnösel, der unbedingt
versucht, hier einen auf „vornehm" zu machen.

Die könnten schließlich etwas mehr Niveau
gebrauchen, dazu muss ich eben Opfer bringen.
Ich sollte das vielleicht sofort erledigen,
und schleunigst die Fronten wechseln, denn die
brauchen im „A"-Team einen Denker mit klugem
Kopf!
Einen richtigen Krieger, der alle anderen erzittern
lässt und das Team furchtlos, unermüdlich und
unbesiegbar bis ganz nach oben auf den Gipfel
des Berges führt. Und wer wäre für diese Aufgabe
nun besser geeignet als ICH.
Der Coach befürwortet mein Wechsel mit einer
etwas herablassenden Handbewegung.
Er befürchtet wahrscheinlich, dass ich sonst als
nächstes an seinem Stuhl sägen werden.

Er ändert etwas auf seinem Blatt und geht sofort
und sehr ignorant zur Tagesordnung über.
Eines aber begreife ich einfach nicht, dass er so
einfach und kampflos seine Schutzbefohlenen
dem Feinde überlässt? Ich würde mal behaupten:
„Es steht bereits schon `2 : 0` für mich!"

Oder gehe ich hier bereits jetzt schon als ein unschlagbarer Sieger voraus?

Hier in diesem Lager, aus dem bestimmt schon in der Geschichte seines Bestehens, einige Söldner aus der Tiefe der Erde entsprungen sind, die losgingen, um Pyramiden zu stapeln, Welten und Menschen vor Erdbergen und Baugruben zu retten.

Solle das jetzt und hier vielleicht auch meine große Berufung sein?
Hier soll jenen Erkorenen natürlich auch das Management mit den gewissen Führungseigenschaften in der Hierarchie beigebracht werden.

Dazu gehört auch gänzlich nicht nur das Erlernte, sondern gleichermaßen an Erfahrungen Mitgebrachte anzuwenden, um mit den Untergebenen fachgerecht umzuspringen.

Es soll den Erkorenen ja auch eine gewisse unternehmerische Seite des Lebens dargeboten werden, und ich kristallisiere mich hier gerne heraus und perfektioniere gerne meine Art Chefrolle.

Wobei ich dazu nur sagen kann, dass ich alle Arbeiter in meinem Team gut auf ihre zukünftige Rolle im Leben vorbereiten werde, damit diese Handlanger schnell, aber sicher, mit der gewissen Dankbarkeit begreifen, die Anweisungen von „ganz oben" bedingungslos zu befolgen.

Nach langem Gerede des Coach, nach vielem Blabla
an diesem Tag, und endlosem Gerede über Hebel,
Lasten, über Sicherheit und Paletten, wird mein
Geduldsfaden zur Schlinge um den eigenen Hals.
Ich starre in diesen endlosen Stunden nur auf die Uhr
und warte auf das finale Ende dieser überflüssigen
Einweisung.

Und ich werde mich sowieso niemals auf so ein
Kleinbagger-Ding drauf setzen.
Jetzt erst recht nicht.

Kapitel 23

Endlich das schellende Klingeln der Befreiung!
Der Coach bedankt sich, weil wir so gut mitgemacht
haben und relativ schnell voran gekommen sind.
So dürfen wir in die Kantine gehen, und danach war
es das vielleicht sogar schon für den heutigen Tag.

Nun beginnt ein unendliches Stühlegeschurre,
aber ich eile als Erster mit meiner Tüte aus dem
Konferenzraum und marschiere zügig, mit den
anderen Teilnehmern im Gefolge, voran in die
Kantine. Ich spüre, wie die Völkerwanderung mir
Folge leistet. Ich könnte jetzt auf den Abgrund
zulaufen, und alle würden mir wahrscheinlich blind
folgen.

In der Kantine angekommen, werde ich meinen öffentlichen Auftritt heute etwas genauer planen.
Es gibt nämlich hier unter anderem meine Leibspeise, Curry-Bouletten und Mayonnaisen-Pellkartoffel-Salat.

Deshalb stellt sich mir vorab die große Frage: Gaukel ich denen etwas vor und ziehe meine gezinkte „Ich bin Laktoseintoleranz-Karte" aus dem Ärmel? Erst mal sehen, wie gebührend und angemessen die besondere Aufmerksamkeit auf mich gerichtet sein wird.

Bleibt mir noch die etwas weniger effektive Alternative, den anderen zu verklickern, dass ich keine Gluten vertrage, aber mit der Gefahr von drohenden Tobsuchtsanfällen und mit eventuell eintretender Todesfolge.
Diese dramatischen Folgen möchte hier bestimmt niemand verantworten wollen. Oder?

Dabei werden immer alle um mich herum plötzlich sehr fürsorglich und fragen mich, ob ich auch genau weiß, was ich da esse. Beobachten mich genau, ob auch alles in Ordnung bleibt.
Das ist dann dieser wehmütiger Teil, den ich ganz besonders mag.
Tja, ein bisschen gespielte Dramatik ist dabei die ideale Würze. Aber den ausgeknautschten Vegetarier werde ich heute stecken lassen, denn diese Bouletten reizen meinen Feinschmecker-Gaumen auf eine unwiderstehlichen Art.

Ich werde heute bestimmt gleich drei Stück davon mit Ketchup, Zwiebeln und Salat verdrücken.

Ich werde beim Verzehren natürlich nicht vergessen, meinen kleinen Finger ordentlich dabei abzuspreizen. Das erregt immer die, für mich gehörige Portion Aufmerksamkeit, die ich den ganzen Beobachter damit belohne, Zeugen zu werden, wie ich gewisse Dinge ständig aus dem Essen aussortiere und auf dem Tellerrand platziere, um immer wieder für neue Themen um mich herum zu sorgen.
Ich liebe es so sehr!
Dinieren werde ich natürlich nur mit Messer und Gabel, wie sich das in diesem Spiel auch gehört.

Nun stehe ich hier als Erster in der Schlange vor der Essensausgabe und poliere erst mal gründlich mit einer Serviette das Besteck und halte es danach in Richtung Fenster, ob jetzt auch alles wieder sauber glänzt.

Anschließend lege ich mir eine neue Serviette genau mittig gefaltet auf die rechte Seite meines Tablettes und lege das Besteckpärchen ordentlich nebeneinander darauf. Noch eine kleine Korrektur, und dann ist alles perfekt.

Ich lasse jetzt gerade all die hinter mir Wartenden ruhig nörgeln, denn es geht hier schließlich erst weiter, wenn ich fertig bin.
Nur Geduld! Und an mir vorbei kommt hier sowieso niemand in diesen schmalen Gang.

Gänzlich und wahrscheinlich sehr beeindruckt, beobachtet mich doch die ganze Zeit der Wirt und steht mit aufgeblähtem Brustkorb bei eingeschränkten Armen da, und genießt bestimmt die ihm von mir eingeräumte Zwangspause.
Er ist bestimmt schon sehr gespannt auf meine Bestellung.
Ich schaue ihn freundlich an und sage:
„Es braucht halt alles seine Zeit!
Stimmt's oder habe ich recht?"

Wogegen er in seinem Falle irgendwie keine Miene verzieht.
Nun gebe ich bei ihm meine Bestellung auf, mit all den gewünschten Extras und selbstverständlich auch in gewünschter Reihenfolge.
In weniger als drei Sekunden liegen die drei Bouletten mit Ketchup, Curry und Zwiebeln auf dem Teller, den Kartoffelsalat drauf geklatscht,
und der Teller kommt im gleichen Moment mit taumelnden Drehungen über den Tresen gerutscht.

Ein Gourmet-Essen sieht hingegen zweifelsohne anders aus, und der Wirt fragt schon im selben Augenblick den Nächsten nach seinem Essenswunsch.

Ok, dann brauch ich auch nicht zu überlegen, ob ich mir ein „Dankeschön" herausquälen muss, und gehe schweigend und doch mit einem etwas überrumpelten Gefühl weiter des Ganges.

Kapitel 24

Aber nun muss gleich etwas passieren, ich muss hier schnell etwas von meiner guten Beobachtungsgabe mit ins Spiel bringen, und nach einen Sponsor Ausschau halten.
Von irgend einem der Hartz IV-Banditen will ich mir nämlich das Menü irgend wie, und zwar möglichst jetzt sofort finanzieren lassen. So sehen halt meine Prinzipien aus, die ich mir für heute und morgen gesetzt habe. Da wende ich am besten meinen altbeliebten:
„Oh,..da habe ich aber mein Portemonnaie zu Hause vergessen ..." -Trick an.

Mal schauen, wer hier bereit ist, und mit der dicken Marie aus der Schwarzarbeit einen auf „Gönner" macht?
Außerdem haben die Teilnehmer hier bestimmt eine gehörige Portion Stolz in sich, und werden den Heiermann bestimmt nicht gleich morgen von mir zurück verlangen. Die paar Moneten wären schließlich auch sehr gut in mich investiert, ich werde einfach ein bisschen mit den Wölfen heulen, und dann hat sich die ganze Angelegenheit bestimmt von selbst erledigt.
Die Abfertigung funktioniert mir dummerweise gerade etwas zu reibungslos, viel zu flott!

Mit dem Bouletten-Menü auf dem Tablett stehe ich bereits schon vor der Kasse. Ich schaue den Kassierer ermahnend an, blicke ihm tief in die Augen und schiebe mein Tablett wieder ganz langsam und vorsichtig ein paar Zentimeter zurück.

Hinter mir rückt glücklicherweise gerade Steckling nach und bleibt aber noch vorher an dem Kaffeeautomaten stehen und überlegt.

Ich winke Steckling dringendst heran, damit er mal schnell herkommt und dass er jetzt auch schließlich weiß, warum mein Essen mal kurz auf seine Rechnung gehen soll. Ich sag zu ihm:
„Du, Steckling, bezahle mal kurz mein Essen, das erkläre ich dir gleich, wir setzen uns dazu mal kurz an einen separaten Tisch."

Steckling:
„Wieso, gab doch gerade Stütze, biste denn schon wieder pleite, ist doch Monatsanfang?"

Ich antworte cool lächelnd:
„Nee, nein der kann nur nicht auf meinen 500 Euro-Scheinen rausgeben. Armselige Anstalt."

Steckling:
„Ja, geht schon klar, wenn ich das morgen wiederkriege."

Ich greife mir schnell noch zwei Brötchen aus dem Korb, nehme noch ein großes Schälchen Pudding und ein Früchtekompott mit Sahnehäubchen.

Nach kurzem Nachdenken greife ich mir noch mit der anderen Hand drei Müsliriegel und zwei Packungen Kaugummis und gehe mit meinem Tablett an der Kasse vorbei und denke mir dabei, hat doch alles bis hierher gut geklappt.

Der Kassierer schaut mir böse hinterher und pustet mich durch seine aufgeklappten Nasenlöcher an.

Kapitel 25

Nun suche ich mir den schönsten Platz der Kantine aus und entscheide mich für den Tisch am Fenster und lasse die anderen vom Kurs einfach unbeachtet links an ihren Tische hausieren.

Außerdem, an so einem Tisch, auf dem die ollen Thermoskannen aus Opas Zeiten wirr herum stehen, sich die Gerüche von Kaffee, Säften und Pfefferminztee vermischen, all die aufgeklappten Brotbüchsen querbeet auf dem Tisch verteilt liegen, alles nach saurem Obst, alter Wurst und stinkendem Käse riecht, sollte bestimmt nicht mein Ort sein, an den ich gerne dinieren möchte.

Besonders bei dem Gedanken, dass vielleicht auch noch die Ecke irgend einer speckigen Tageszeitung eines neben mir Sitzenden mitten in mein Essen hängt.

Ich habe mal wieder zu meiner vollsten Zufriedenheit den genialsten Tisch ausgewählt, nämlich zwischen den Blumenkübeln am großen Fenster.
Treu wie erwartet folgt mir Steckling und setzt sich etwas verunsichert mir gegenüber.

Ich fange dann erst mal schnell an, aus meinem Nähkästchen zu plaudern, um ihn etwas einzulullen und von seinen ursprünglichen Gedanken abzubringen, um ihm jeglichen Wind aus den Segeln zu nehmen.

Ich arbeite bereits nun schon voll auf Hochtouren an meiner Schlaucherstrategie, denn hier werde ich keinen Cent in diesen beiden Tagen ausgeben, so wahr ich Helmut F. heiße. Ich bin nämlich schon als Kind nicht dumm geboren, das sagte damals auch schon meine Mutter!
Aber ich glaube, das hatte ich schon erwähnt?

Ich eröffne also das Gespräch mit einem etwas zu vollen Mund, dann versteht der Steckling sowieso nur die Hälfte und widmet mir etwas mehr Aufmerksamkeit, um mich besser zu verstehen.

Also ich erzähle das dem Steckling mal so:
„Du, Steckling, ich sage dir mal was, den Gabelstaplerschein benötige ich eigentlich nicht wirklich. Die ganzen Angestellten, die ich mal einstellen möchte, fahren dann sowieso nur mit den vielen Stapler umher und verrichten damit selber ihre Arbeit."

Mit der gewissen Überlegenheit erkläre ich ihm:

"Aber ich werde vielleicht später mal auch eine große Kleinbagger-Kolonne aufstellen, denn ein schnell wachsender Betrieb muss sich immer baulich erweitern und benötigt ständig aufstrebende Kapazitäten.

Ich mache nämlich in Gold und Schmuck. Import und Export. Mehr möchte ich an dieser Stelle aus Sicherheitsgründen auch nicht erzählen. Wenn du verstehst, was ich damit meine. Und meinen Auto- und Pilotenschein hatte ich schon längst in den jungen Jahren wieder freiwillig zurückgegeben. Brauche ich gar nicht!
Und falls die Frage jetzt wie üblich gleich auftauchen sollte, kann ich nur sagen:
`No Problem` Einen Chauffeur finde ich nun mal in der heutigen Zeit zu altmodisch.
Also unterstütze ich somit gerne auf finanzielle Art und Weise den öffentlichen Nahverkehr. Und so bleibt man auch dem Volke immer relativ nahe."

Dann füge ich hinzu, bevor er vielleicht losbrechen will oder meiner etwas verdrehte Wahrheit hinterfragt:

"Nur noch eines Steckling, ich kann dir jetzt schon sagen, an dem großen Tag der Prüfung könnte ich jedem hier, ohne mit der Wimper zu zucken, mein Können auf solche Art und Weise offenbaren, und die Prüfung mit Bravour und so gut wie mit drei Sternchen bestehen, wenn ich nur wollte."

Steckling:
*„Und warum sagst du das so komisch,
willst du hier nicht bestehen?"*

Ich sage:
*„Pass auf Steckling, nur im Felde der
Durchschnittlichen bleibt meine, ich sage mal
`Tarnung`, unerkannt.
Ich will mir hier nur den Schein abholen, und das war
es. Diese beiden Tage hier buche ich als `Späßchen`
ab, alles nur für's Finanzamt."*

Jetzt mach ich mal gegenüber Steckling einen ganz
auf Vertrauen:

*„Und jetzt mal ganz im Vertrauen Steckling, ist dir
denn wirklich noch nicht aufgefallen, dass dich der
Coach voll auf dem Kicker hat? Wie böse er dich
ständig anguckt?
Der lässt Dich doch voll durch die Prüfung rauschen
und deine Stütze wird dir mit Sicherheit gestrichen.
Ist dir das eigentlich klar?"*

Steckling:
„Nee, äh.. das hab ich gar nicht gemerkt."

Er fängt an nervös zu werden, zündet sich hektisch
eine Zigarette an.

Ich stehe schnell auf und öffne unauffällig das
Fenster, flüstere ihm ermahnend zu:
*„Mensch, Steckling, hier zu rauchen bringt noch
mehr Ärger."*

Ich setze mich wieder hin und erkläre ihm:

"Die Sprengleranlage und der Feueralarm könnte gleich losgehen. Dann bist du hier ganz weg vom Fenster! Das wäre schon die zweite Sache, die du dir hier leistest. Dann wärst du hier ganz raus! Passt denn niemand im Leben auf dich auf?"

Steckling sehr verunsichert:
"Nö, ich habe eigentlich keine Freunde. Oder doch, vielleicht die aus der Kneipe? Wo sind denn hier überhaupt die Rauchmelder, ich sehe die gar nicht?"

Er schiebt schnell wieder seine fast noch komplette Zigarette durch den Öffnungsschlitz seiner halbvollen Trinkdose, dass es nur so zischt.
Ich denke mir gerade, wir sind so weit, jetzt frisst er mir bestimmt aus der Hand.
Ich sage:
*"Pass mal auf, Steckling, den Coach kenne ich rein zufällig auch privat, wir wollen es hier bloß nicht allen so offensichtlich zeigen. Der steht in meiner Schuld.
Also, morgen machen wir es mit dem Essen erst mal genau so wie heute, hast du das verstanden? Du bezahlst wieder, und ich rede dafür mal ein ernstes Wörtchen mit dem Coach.
Er muss sehen, dass du ein Freund von mir bist, und die Runde schmeißt, sonst klappt das nicht. Eine Hand, wäscht die andere Hand! Du machst hier unauffällig weiter und wirst mich nicht enttäuschen!"*

Der Fisch hat angebissen und ich wickel ihn ein:
*„Nur dann kann ich dir auch garantieren,
ohne Probleme durch die Prüfung zu kommen.
Dafür sorge ich schon! Hast du das verstanden,
Steckling, davon hängt deine gesamte Zukunft ab?"*

Steckling:
*„Mensch, na klar Helmut, das würdest du alles für
mich tun?"*

Ich antworte mit der Geste der Bescheidenheit:
*„Klar doch, aber top sekret und kein Wort zu irgend
jemandem, sonst ist unser Deal geplatzt."*

Steckling hebt die rechte Hand und sagt:
*„Wort drauf! Mensch, Helmut, schön wieder einen so
ehrlichen und wahren Freund wie dich gefunden zu
haben. Du hast echt was drauf!"*

Ich muss bei seinen treffenden Worten doch
tatsächlich zweimal schlucken, weil, da steckt schon
eine recht große Portion Wahrheit hinter.
Aber eines muss ich vorher noch wissen:

*„Du, Steckling, sei ganz ehrlich zu mir, hast du noch
einen Bruder oder kennst du zufällig einen Björn?"*

Steckling:
„Nö, wieso?"

Ich gänzlich erleichtert:
„Total unwichtig!"

Ich nehme einen Müsliriegel aus meiner Tüte und gebe ihn etwas zögernd Steckling mit den Worten:

*„Hier, Steckling, das schenke ich dir.
Das mache ich sonst nie, da bist du heute die ganz große Ausnahme."*

Ich finde meine Geste sehr rührend, denn es ist schon etwas Besonderes, anderen etwas zu geben, obwohl es sonst eigentlich überhaupt gar nicht meine Art ist.

Ich spreche zu Steckling noch ein beruhigendes Nachwort, damit auch keine weiteren, peinlichen Hinterfragungen auftauchen, und lasse das Thema Prüfung im Hintergrund versiegen.

Ich sage zu ihm:

*„Doch eines muss ich dir noch verklickern.
Steckling, du weißt ja, den Kursus zu bestehen ist auch für dich im Leben sehr wichtig.
`Kleinbaggerfahrer`, ja das ist im Grunde genommen nur ein bescheidenes Pseudonym für den Spezialisten aller Baggerfahrer.
Das ist eine wahre Sisyphusarbeit und nichts für grobmotorische oder ungeschickte Sandmännchen, die nur im aufgeblasenen Radlader sitzen, unnötig viel Lärm verursachen, viel Staub aufwühlen und sinnlos an Hebelchen herum spielen.
Also mach mir keine Schande, strenge dich an und schmeiß dich voll ins Zeug. Denn du weißt ja, alles kann ich auch nicht für dich regeln."*

Kapitel 26

In meinem Kopfe muss ich noch etwas weiter philosophieren, während ich immer noch in meiner ersten, schon etwas kalten Boulette herum stochere und krampfhaft versuche weiter zu essen.
Eigentlich bin ich schon übelst satt.

An meinen wahrhaften Worten über den Kleinbaggerfahrer an Steckling ist wohl echt vieles wahres drannen. Denn so im harten Berufsleben eines Kleinbaggerfahrers dreht sich schließlich fast alles nur um das summa summarum.

Das heißt, nach wenigen Baggerschippen wird gleich wieder der Motor des Gerätes abgestellt, weil man dem Kleinbaggerführer in regelmäßigem Abstand eine gewisse Schonzeit zugestehen muss.
Er darf nicht überlastet werden, muss schließlich von da oben immer den Überblick behalten.
Er ist gewissermaßen sowohl der König, als auch Richter und Vollstrecker auf seinem frei drehbaren Throne, und nur er betätigt die wichtigsten Hebel auf diesem entscheidenden Schlachtfeld.

Am liebsten hätte der Kleinbaggerführer bestimmt manchmal einen Stahlhelm auf, ein riesiges Kanonenrohr vorne dran, und dürfte freies Recht sprechen, wie es ihm jetzt gerade nur so genehm ist.

Doch mit Sicherheit, ganz weit in seinem tiefsten Innersten, schlummert noch ein viel größerer Wunschtraum in ihm, das hätte jeder erkorene Kleinbaggerfahrer gern wenigstens nur einmal in seiner Karriere erlebt!
Nämlich dass alle ihm untergebenen Arbeiter auf der Baustelle zu ihm niederknien, wenn er mit einer lässigen Handbewegung den Zündschlüssel zieht, und damit ein riesen Monstrum zum Schweigen bringt.

Er wie ein Gladiator auf dem Siegeszug über die stählernen Ketten sicher zum Boden der Tatsachen steigt und sein Gigantikum auf dem Schlachtfeld einfach hinter sich lässt.

Und nur mit einem Zippo Benzinfeuerzeug wird sich der Einzelkämpfer seine selbstgedrehte Kippe im Mundwinkel lässig anflammen, und nach dem Rechten sehen, ob ihm seine Niedrigkeiten der Kolonne auch keine Schande gemacht haben.

Kapitel 27

Plötzlich schrecke ich aus meinen tiefen Gedanken auf. Der Coach steht an unserem Kantinentisch, klopft drei mal mit dem Faustknöcheln zur Begrüßung auf den Tisch und möchte sich gerne zu uns setzen.
Er zieht bereits schon einen Stuhl vom Tisch weg, dann runzelt er plötzlich mit der Nase!
Coach:
„Was stinkt denn hier schon wieder so erbärmlich nach totem Fisch, das ist ja ekelhaft."

Ich kratze mich an der Schläfe, damit er zu mir guckt, und zeige dabei unauffällig mit dem Daumen auf Steckling, der gerade ziemlich verlegen an seinem Jackenkragen riecht.

Der Coach guckt Steckling sehr vorwurfsvoll und böse an, verabschiedet sich wieder und begibt sich zum Tisch der anderen.

Steckling hat einen roten Kopf bekommen und schaut mich verlegen und sehr verunsichert an.

Ich kann jetzt nicht gerade behaupten, dass mir diese Situation nicht günstig in die Karten spielt, darum sage ich zu Steckling:

„Siehste, was ich meine, der hat dich voll auf dem Kieker, sei froh, dass du mich an deiner Seite hast!"

Wenig später stellt der Coach sich mitten in den Gang der Kantine und macht eine deutliche Ansage zu allen Teilnehmern:
„Ihr habt für heute alle Feierabend, wir sehen uns dann morgen wieder, draußen an den Fahrzeugen, aber pünktlich."

Er hat noch nicht mal ausgesprochen, da sind seine letzten Worte kaum mehr vor lauter Stühlegeschurre zu verstehen.
Plötzlich waren alle weg bis auf uns.
Ich und Steckling sind nach einer Zeit jetzt die letzten, die hier die Stellung halten, und ich genieße bereits den vierten Kaffee den Steckling mir spendiert hat.
Nun wird es schon etwas dunkel draußen und die einzige Lichtquelle um uns herum scheint jetzt nur noch aus dem langen Gang zu uns hinein.
Die Küche hat auch gerade geschlossen und alle Rollläden heruntergefahren.
Ergo: Feierabend.
Dann sage ich zu Steckling:

„Lass uns noch unseren Rest Kaffee austrinken, denn wir müssen schließlich noch unsern Bus bekommen."

Der Coach geht bereits schon umgezogen den Gang zum Hinterausgang entlang. Als er an der Kantinentür vorbei kommt und uns noch erblickt, sagt er zu uns:
„Macht aber überall hinter euch das Licht aus."

Der Coach geht weiter, aber dreht sich noch einmal kurz um und sagt noch:

„Schaltet also alles aus, wenn ihr geht. Hier im Hause braucht nichts Überflüssiges an bleiben. Und macht die Tür hinter euch richtig zu."

Ich sage zu Steckling:

„Komm, lass uns austrinken und auch den Gang mal bis da nach hinten durchgehen, wenn wir da irgendwo rauskommen, müssen wir nicht extra um das Gebäude herum marschieren, um zur Haltestelle zu kommen."

Gesagt, getan, so gehe ich voran, mit Steckling als Gefolge. Fast am Ende des Ganges entdecke ich doch von weitem, am Ende eines Nebenganges, eine kleine Werkstatttür, wo noch ein schwaches Licht durch das Fenster der Tür scheint. Klarer Fall für mich: Pflichtbewusst denken und handeln, ist mir Befehl. Ich sage kurz zu Steckling:

„Warte mal, wir sind hier noch nicht fertig."

Ich eile im Marschschritt den Gang entlang und marschiere direkt in den Raum hinein, schalte das Licht über der Werkbank ohne lange zu zögern aus.

Im Dunklen, beim Umdrehen zur Tür wird nun noch für mich erkennbar, dass zwei rote Lämpchen im Steckdosenpult unterhalb eines Regals brennen, und ich schalte auch diese Stromfresser sofort an einem Hauptschalter aus.

Ich gehe so zurück zu Steckling, als wenn ich hier zu
Hause wäre.
Tja, danach sage ich zu ihm:
„Wenn die Welt mich nicht hätte!
Das Sparen beginnt nämlich bereits schon ganz
unten in der hierarchischen Kette. Merke dir das mal."

Steckling:

„Mensch Helmut, du kommst mir immer wie ein
Chef vor, was du alles weißt."

Es wird ein relativ wortkarger Weg zur Haltestelle,
und Stecklings letzte Worte spiele ich mir gedanklich
immer wieder ab.

Steckling sagt dann auf dem halben Wege:
„Du, Helmut, Entschuldigung, aber ich wohne ja
gleich da drüben in der Siedlung, bin zu Fuß
schneller als mit dem Bus."

Steckling verabschiedet sich von mir, er will das
kleine Stück nach Hause laufen.

Kapitel 28

Da ich einen gewissen Transfer-Abkommensvertrag
mit der Busgesellschaft, in Form einer monatlich
gebuchten Karte abgeschlossen habe, würde ich auf
diesen Fahrservice natürlich nur ungern verzichten.

So gehe ich ohne jegliche Reaktion schnurstracks
weiter zur Haltestelle.
Es dauert nur einen kleinen Moment und mein Bus
nähert sich mir. Er hält direkt vor meiner Nase an,
so, wie sich das meines Erachtens nach auch gehört.

Ich steige ein und bin gespannt, was für Querulanten
mir hier im Bus wieder begegnen werden.
Doch der Bus ist leer, außer dem Fahrer, den ich mal
nicht mitzähle, befindet sich kein einziger Fahrgast
drin. Solch seltener Anblick ist sehr erholsam und
verspricht eine angenehme Fahrt zu werden.

Ich zeige meinem Chauffeur kurz meine Karte, ohne
ihn eines Blickes zu würdigen, als wenn es mein VIP-
Ausweis wäre.
Der Fahrer ist sehr redselig, wenngleich mir ein wenig
zu vorwitzig, aber ich zeige diesem Alleinunterhalter
nur meine ignorante Seite, denn ich fungiere doch
nicht als sein Seelsorger.
Der Busfahrer empfiehlt mir dringendst, mich auf
Platz 21 zu setzen. Das wäre sozusagen ein ganz
besonderer Geheimtipp von ihm.

Jedoch kann ich dazu nur nein sagen und antworte
ziemlich schroff:
"Nein danke, keine Interesse!"

Der Fahrer:
"Denken sie daran, Platz 21 ist für Sie reserviert!
Und schicke Schuhe tragen Sie da, ob ich wohl einen
davon bekomme?"

Was meine Erfahrungen an Menschenkenntnissen betrifft, muss ich bedauerlicherweise feststellen, dass der kleine Träumer heute wohl noch nicht sein Eimerchen mit dem entsprechenden Geltungsbedarf voll bekommen hat.
Mir wird das alles etwas zu albern und ich antworte beim Stolzieren durch den Mittelgang des Busses:

„Ich bin jetzt da, also fahren sie endlich mal los, oder soll ich Ihnen vielleicht noch zeigen, wo es lang geht?"

Tja, Dominanz und Autorität sind meist des Rätsels Lösung. Die Türen schließen sich nun endlich und der Fahrer fährt los, gibt Gas, Vollgas!

Ich kann mich nirgends mehr festhalten, renne gnadenlos den Gang entlang auf die hintere Querbank zu und hoffe, dass ich die Landung einfach nur überleben werde.
Dann bremst der Fahrer wieder abrupt ab!
Als ich daraufhin noch schnell eine Haltestange zu greifen bekomme, macht er mit dem Bus einen heftigen Schlenker. Dann werde ich durch den seitlichen Schwung in eine Sitzreihe gedreht.
Der Fahrer bremst nun voll ab, und ich kann mich nicht mehr an der Stange halten und falle hilflos auf einen Sitz.
Verflixt und zugenäht, noch vom Schrecken gelähmt, checke ich mich durch, ob ich mich wegen des Sturzes verletzt habe oder sogar aus irgendeinem Grund jetzt sterben werde.

Es gibt nichts zu jammern, ich habe mich nirgends
gestoßen und alles ist noch drannen an mir:

*„Und so ein Glück, das war ja sogar eine recht sanfte
Landung!"*

Ich drehe mich verärgert nun zur Seite und nehme
Sichtkontakt über den Spiegel zum Fahrer auf,
um ihn zu maßregeln, aber da macht er im selben
Moment eine laute Ansage durch das Mikrofon:

*„Herzlich willkommen, lieber Fahrgast, und viel Spaß
weiterhin auf dem Platz `21`. Bingo!
Wir Fahrer nennen das ‚Gäste-Billard', und das war
doch einwandfrei in die Seitentasche eingelocht,
oder?"*

Er geht drei mal auf die Hupe und anschließend
vernehme ich von da vorne noch so ein
freudig-übermütiges:
„Perfekt!"

Ich fühle mich einerseits benutzt, äußerst gekränkt,
in meinem Stolz verletzt!
Aber dann überlege ich mir:
*„Aber hatte er vielleicht mich gemeint mit `Perfekt`?
Da würde ich ihm jetzt mal nicht widersprechen
wollen."*

An einem kleinen, eher unauffälligen Schildchen kann
ich erkennen, dass ich hier gerade auf Platz 21
gelandet bin! Hat der mich einfach behandelt,
als wäre ich eine Billardkugel?

Hat mit mir einfach gespielt und auf meine Kosten seinen Spaß dabei gehabt?

Bestimmt sind nun inzwischen zwanzig Minuten des Schmollens vergangen und ich überlege mir eine sichere Strategie, den Bus wieder zu verlassen.

Als der Fahrer gerade nicht in den Spiegel nach hinten schaut, stehe ich schnell und unauffällig auf und stelle mich im sicheren Stand an der Tür bereit, halte mich mit allen Händen überall fest, um an der nächsten Haltestelle dann endlich auszusteigen.

Nicht, dass der noch mehr Späße auf Lager hat.
Der Bus hält korrekt an und ich stürme sofort und wortlos hinaus, als die Bustür vorzeitig hinter mir wieder schließt und regelrecht sanft wie ein zahnloses Monster nach meinem Fuß schnappt. Woraufhin ich rufe:
„Unverschämtheit, mein Fuß!"

Habe den natürlich sofort herausgezogen bekommen, aber mein Schuh bleibt im Bus liegen.

Ich stehe ziemlich dumm auf einer Socke da und hoffe, dass dieser Schnösel jetzt nicht einfach abhaut! Ich klopfe mit der Faust an die Bustür, sie geht wieder auf, ich greife verärgert und schnell nach meinem Schuh und ziehe ihn gleich an.

Der Fahrer kichert verschmitzt vor sich hin und sagt:
„Sorry, da haben Sie ja Ihren Schuh wieder."

Er schließt die Tür und verschwindet bei Vollgas in die Dunkelheit, bis die Rücklichter in der Tiefe der Nacht verglimmen.

Kapitel 29

Es beginnt für mich zu Hause in der Früh ein neuer Tag! Schon jetzt hat er in etwa den gleichen Ablauf wie der Vortag. Nur dass jene etwas eingeschränkte Euphorie mich aufrecht hält, dass es ab morgen kein Weckerklingeln mehr geben wird.
So habe ich meine Gewichtigkeit wieder in den besten Zwirn gesteckt und großzügig mit Accessoires geschmückt.
Mein Garderobenspiegel erteilt mir schon von Weitem sofort grünes Licht, und so stolziere ich zum Ausgang. Besser kann es doch nicht laufen! Auf dem Weg zur Haltestelle begegnen mir überhaupt keine Menschen auf der Straße.
Das allerdings hake ich schon mal in weiser Voraussicht als einen sehr positiven Beginn meines heutigen Tages ab. Mein Bus kommt pünktlich wie berechnet und der Tag verspricht mir sozusagen nur Gutes.

Ich steige wie immer kritisch schweigend ein, lasse
mich angemessen begrüßen und erblicke aus
versehen und ungewollt den Fahrer. Ich zucke am
ganzen Körper zusammen und spreche:
„Schreck lass nach, sind Sie das wieder?"

Ich kralle mich schnell an allen Stangen fest. Aber er
schaut mich eher reumütig an und sagt zu mir:
*„Beruhigen Sie sich doch, das tut mir wirklich sehr
leid wegen gestern Abend. Wenn Sie sich
beschweren wollen, würde ich es verstehen.
Ich bin der Herr Seckenschek."*

Er zeigt dabei auf sein Dienstschildchen mit seinem
Namen drauf. Aber ich suche verängstigt die nächst
beste Sitzmöglichkeit auf und sage:
*„Ne, ne, Herr Streckenschreck, ist schon ok,
ich muss sowieso bald wieder raus."*
Der Fahrer antwortet nur:
„Ich heiße Seckenschek."

Ich glaube, das ist das erste Mal, dass ich mich
dermaßen wohler fühle, als sich der Bus reichlich mit
weiteren Fahrgästen füllt.
Endlich an der Endhaltestelle angekommen, habe ich
sofort einen riesigen Sprung aus der Bustür gemacht.
Es erweckte bestimmt den fälschlichen Eindruck,
als wollte ich einen Angreifer stellen.
Aber alles war oK, alles in bester Ordnung,
auch wenn die anderen Menschen auf der Straße
mich gerade etwas merkwürdig angucken.

Das Geschehen von gestern steckt sicher noch sehr
tief in mir drinnen.
So, jetzt aber schnell hinein ins gute Haus,
um diesen Lehrplan, meine Erfolgsgeschichte so
schnell wie möglich hinter mich zu bringen.
Ich nehme schlauerweise eine Abkürzung über den
Hof, denn heute, zum praktischen Teil, werden die
draußen den letzten Akt der Prüfung absolvieren.

Ich gehe locker lässig über das Gelände an den
anderen Teilnehmern vorbei und lasse mich natürlich
vom Coach begrüßen. Ich habe gerade so das
herrliche Gefühl, als sei ich hier der Chef im Ring,
auf den alle warten.
Jedoch liegt hier irgend etwas in der Luft,
eine gewisse Unruhe verbreitet sich auffällig
und trübt etwas die allgemeine Stimmung.
Der Coach stellt sich vor mich, und klärt mich
diesbezüglich auf.

Das finde ich jetzt sehr korrekt, mir gleich Bericht zu
erstatten. Zeugt von einer gewissen Aufrichtigkeit
und verknüpft den Begriff „Wichtigkeit" automatisch
mit meiner Person.

Der Coach:
*„Der Bagger und der Gabelstapler ist nicht
aufgeladen worden, denn irgend ein Idiot hatte
den Ladevorgang im Werkstattraum einfach
ausgeschaltet."*

Ich frage den Coach leise:
„Hat vielleicht die Putzfrau einfach die Schaltereinheiten am Hauptschalter ausgeschaltet? Das kann auch Sabotage sein? Heutzutage kann man ja nie wissen! Die Putze ist sowieso etwas merkwürdig und geistert hier morgens ganz alleine und unbeaufsichtigt herum."

Coach:
„Was soll denn das heißen, das ist doch eine bodenlose Frechheit!
Meine Frau hier einfach zu verdächtigen!
Sie macht ihren Job schon seit 30 Jahren, macht jeden Morgen gründlich sauber und kennt hier die gesamte Einrichtung!"

Ich sage schnell in meiner Verlegenheit:
„Ein Glück, Coach, dann können wir sie ja von der Liste der Verdächtigen ausschließen.
Da bin ich aber jetzt mal froh!"

Der Coach dreht sich um und verschwindet wütend, und zieht dabei regelrecht einen nach Motorenöl riechenden Windsog hinter sich her.
Plötzlich steht Steckling neben mir.
Er flüstert mir ins Ohr:
„Mensch, Helmut, hast du nicht gestern die Ladestation ausgeschaltet? Warst du das?"

Ich sage leise und ermahnend zu Steckling:
„Mensch Steckling, hab mehr die Ruhe weg, das ist ein Bestandteil meines Planes!"

Ich schaue nach rechts und links und sage:

*„Denn über die Hälfte der Teilnehmer lassen die hier beim Parcours durchfallen, damit die noch einmal antreten müssen, und die können damit richtig die Kohle vom Amt absahnen. Den werden wir mal richtig das Handwerk legen, und du bestehst dadurch auch gleichzeitig die Prüfung, wie ich dir versprochen habe.
Ergo, zwei Fliegen mit einer Klappe!"*

Steckling:
„Na klar, Helmut, gut kombiniert, du bist ja ein Stratege wie im richtigen Krimi."

Ich gebe noch einen kleinen drauf:
„Na rate mal, warum wir als Letzte das Haus verlassen hatten, und den Gang am Hinterausgang raus sind? Klingelt da was bei dir, Steckling?"

Steckling geht staunend und mit offenem Mund weiter an mir vorbei, ohne seine Blicke von mir abzuwenden.

Das hat mal wieder gesessen! Man muss nur ein wenig erfinderisch mit der Realität umgehen.

Dann trommelt uns der Coach alle zusammen und sagt:
„Jeweils zwei Gruppen sollen zusammenarbeiten, das reicht vollkommen aus, weil heute einige der Teilnehmer nicht mehr erschienen sind. Wir müssen schließlich wegen der eingeschränkten Geräte etwas improvisieren."

Der Coach dreht sich noch einmal um und fügt hinzu:
*"Also heute wird der Tag doch etwas theoretischer,
aber wir sind ja keine Fahrschule, um Ihnen das
Fahren zu erlernen, sondern bringen Ihnen nur die
Grundkenntnisse bei.
Darum sehen wir heute ausnahmsweise von einer
umfangreicheren Prüfung ab, jeder wird den Rest
draußen im Leben und in der Arbeitswelt mit
Sicherheit selber erlernen. Sie erhalten aber alle Ihre
Bescheinigungen, keine Angst"*

Ich drehe mich diskret zu Steckling, ersuche den Augenkontakt und blinzle ihm mit einem Auge zu und zeige deutlich mit dem Finger auf mich, hebe den Daumen und nicke ein paar Mal mit dem Kopf.

Während die zwei Gruppen hinter uns bereits schon ihren Aufgaben nachgehen und die Pylonen wegen des Sicherheitsabstandes aufstellen, Paletten und Transportkörbe ausrichten, arbeiten die anderen Gruppen an die Theorie im Cockpit des Kleinbaggers.

Ich sitze mit meinem vollen Becher Kaffee auf dem, man kann schon fast Regie-Stuhl sagen,
und kontrolliere das Geschehen als eine „Aufsicht".

Der Coach schaut öfters mal kritisch zu mir rüber, ersucht meine Blicke, und ich halte meinen Daumen dabei hoch.
Mit anderen Worten:
"Alles im Griff, alles ok, weiter machen."

Er ist bestimmt auch mal froh, wenn hier jemand
für ihn die Kontrolle übernimmt.

Dann versperrt mir plötzlich Steckling die Sicht.
Er steht vor mir und sagt:
*„Mensch, Helmut, du sitzt hier einfach nur herum
und lässt die anderen arbeiten?"*

Mit überlegener Haltung, cool aus Überzeugung,
mit meinem Kaffeebecher fest im Griff sage ich:

*„Einer muss hier doch die Kontrolle übernehmen.
Tut mir jetzt leid Steckling, aber ich muss dich bitten,
deine Gruppe wieder aufzusuchen, das ist hier kein
Freizeitspaß."*

Jemand von ganz hinten aus der Gruppe beginnt
nun zu meckern:

*„Warum kann der hier mit dem Kaffeebecher in der
Hand einfach herumsitzen?"*

Ein Anderer:
„Mir tun auch schon die Beine weh."

Dann sagt der Coach:
*„Männer, wir machen eine kleine Pause von
10 Minuten, und dann geht's schon zum Endspurt."*

Alle suchen sich eine Sitzgelegenheit und freuen
sich über die zusätzlich erkämpfte Pause.
Doch ich nutze die Gelegenheit, stehe nun auf
und gehe vor den Blicken der anderen zu den
Pylonen und korrigiere sie ordentlich in der Reihe.

Schaue unter der Beobachtung der anderen noch einmal kontrollierend rechts und links daran vorbei, ob sie auch in Reihe und Glied stehen, und nicke einverständlich mit dem Kopf.
Drücke einen Hebel des Gabelstaplers nach unten, um die Gabel auf Grund der Sicherheit etwas zu senken, als es plötzlich ein lautes Knacken und Krachen gibt, und der Stapler ganz schräg steht und umzukippen droht.
Coach:
„Halt!! Menschenskinder, der Eimer mit den Getränken und die Palette stehen doch darunter."
Ich bekomme einen Schreck und springe beiseite.

Gehe aus Sicherheitsgründen weit auf Abstand, stelle mich schnell hinter die anderen, falls das Ding noch umkippt. Ich spreche sehr verärgert:
„So etwas darf da niemals unbeaufsichtigt unter den Geräten herum liegen. Ich fungiere ansonsten nämlich auch als Sicherheitsbeauftragter in unserem Familienbetrieb.
Und so etwas darf einfach nicht passieren."

Coach:
„Herr F. Was Sie auch in Ihrer Schnapsfabrik oder sonst wo veranstalten, interessiert niemanden im Geringsten.
Sie können jetzt ruhig in die Kantine gehen, und besser ist es. Wenn etwas sein sollte, dann rufen wir Sie einfach, oder auch nicht. Das ist sicherer für uns alle! Einverstanden?"

Ich darf also als Einziger schon mal in die Kantine
gehen und fühle mich sehr geschmeichelt,
also sozusagen in meiner gewissen Position
bestätigt!

Aber ohne einen Cent in der Tasche würde ich nur
geltungslos am Tisch der Kantine sitzen und müsste
Däumchen drehen.

So sträube ich mich künstlich und sage zum Coach:
*„Nein nein, dann kann ich auch hier unten bleiben
um weiterhin wenigstens den Überblick zu halten,
dass nichts kaputt geht. Und ganz unter uns, Hektor,
du verstehst mich doch, du würdest dir doch auch
nicht deinen teuren Anzug und die weißen
Handschuhe aus bester Baumwolle hier bei der
Arbeit ruinieren wollen. Oder?"*

Coach leicht aufkochend:
*„Erstens heißt das `Herr Hektor`, aber für Sie bin ich
hier immer noch der `Coach`, verstanden!"*

Ich sage mir, manche begreifen es einfach nicht,
stehe auf und frage den Coach:
*„Ist der Kurs jetzt für mich etwa vorzeitig beendet,
ich wüsste doch nicht, was in den letzten Stunden
noch Neues passieren sollte?
Gib mir doch vielleicht einfach nur den Schein,
und ich verschwinde. Ich habe ja auch noch eine
gute Stunde von gestern, glaube ich."*
Coach:
„Gute Idee! Ok, versprechen Sie mir das auch?"

In mir flackert gerade ein Gefühl des Sieges in allen Disziplinen auf, und ich halte hier allein und als erster die Bescheinigung meiner steilen Erfolgskarriere in meinen Händen. Sozusagen, mit Bravour vorzeitig abgeschlossen.

Ich ernte die Blicke des endlosen Neides der anderen. Sie dürfen Zeugen meiner alleinigen Sternstunde werden und das Einmalige miterleben, wie gerade ein wahrer Held in ihren Köpfen emporgestiegen ist.

Coach:
„Mister F., Sie dürfen jetzt ruhig nach Hause gehen, und die anderen Teilnehmer sind auch gleich für heute fertig."

Coach spricht nun wieder zu den anderen, während ich mich mit meiner Tüte auf den Weg mache und durch die Halle zum Ausgang eile.

Coach zu den Rest der Teilnehmer:

„Wir versammeln uns in spätestens 15 Minuten in der Kantine zur Übergabe der Bescheinigungen. Alles klar? Aber vorher wird anständig aufgeräumt."

Die Andren wie im Chor:
„Ja, Coach"

Coach:

„Denn für diesen Kurs ist bereits noch ein Standardessen intus, und das sollten wir uns doch nicht entgehen lassen."

Ich laufe durch die Halle zum Ausgang und öffne die Tür. Ups, denke ich mir. Dann mache ich doch glatt eine Vollbremsung mit einer rasanten Drehung auf der Hacke, obwohl ich hier beinahe schon draußen wäre.
Was registrierten da eigentlich meine gespitzten Ohren? Ein Freiessen? Hörte ich da etwas vom Freiessen?
Und schon sagt der schlaue Fuchs in mir:

„Helmut, volle Kraft zurück, wir sind hier noch lange nicht fertig."

Wie ich gerade wieder durch die Halle zurück gehe und wieder vor der halb offenen Tür stehe, kommt mir doch eine lautere Bemerkung eines Teilnehmers zu Ohren. Er sagt:
„Jetzt ist dieser Vollidiot ja endlich draußen!"

Ich schüttel hinter der Tür nur fassungslos den Kopf. Was soll man dazu nur sagen, da haben wir mal wieder den besten Beweis, dass niemand von denen auch nur annähernd etwas Ahnung hat.

Wenn ich bitte noch einmal zitieren darf:
„Jetzt ist dieser Vollidiot ja endlich draußen!"

Ha! Das stimmt doch alles gar nicht, denn ich war ja eben gerade draußen, aber ich war ganz alleine. Mir kam niemand entgegen und ich habe da auch keinen Menschen oder Vollidioten weiter gesehen.

Wieder mal mit dem Gefühl, weit über den Dingen zu stehen, betrete ich die Arbeitsstätte.

Ohne Umwege gehe ich direkt auf den Coach zu und erkläre ihm ganz diskret:
„Tja, was haben meine Ohren da gerade in Stereo vernommen, ein Essen gratis?
Da könnten mir doch vielleicht einige Fragen zum Thema Kursus aufkommen, die sich vielleicht besser gemeinsam am Tisch beim Dinieren besprechen lassen, wir so im ganzen Team, versteht sich doch von selbst. Wenn Sie wissen was ich meine, Herr Hektor?"

Coach:
„Ja natürlich verstehe ich das, und warum wundert mich das auch nicht, dass sie wieder da sind? Übrigens, ein Getränk ist auch noch dabei, falls sie das beruhigt."

Ich spreche etwas durch meine Hand zum Coach:
„Sie wissen ja, schreiben Sie meinen Namen gleich wieder auf die Liste, ich gehe schon mal hoch und reserviere uns in der Kantine die Ehrenplätze."

Überglücklich gehe ich doch schon mal mit großen Schritten voraus in die Kantine und werde denen da unten natürlich anstandshalber weder beim Aufräumen im Wege stehen, noch irgend wie dazwischen pfuschen wollen.

Dank meines Vorsprungs platziere ich mich an der Stirnseite des Tisches und rücke diesen noch etwas günstiger für mich zurecht. Wie ich hier so sitze, nutze ich die Zeit sinnvoll und mache bei der Gelegenheit ein paar Lippenübungen.

Sollte hier jetzt jemand in die Kantine kommen und sich ans andere Eck des Tisches setzen wollen, so müsste ich jenen ja schließlich auffordern, sich woanders hin zu setzen!
Oder sollte ich einfach nur „Besetzt" sagen?
Ein gut gestellter Mann sollte schließlich auf Anhieb den richtigen Ton treffen. Natürlich nicht zu leise, aber doch etwas auffordernd?

Des Rätsels Lösung bleibt nunmehr unbeantwortet, denn nach nur wenigen Minuten haben sich auch alle anderen Mitglieder der Gruppe in der Kantine an meinem Tisch versammelt.

Ich ersuche mit erhobenem Zeigefinger den Blickkontakt zu Steckling und lasse mir mein Essen von ihm mitbringen und natürlich auch ordnungsgemäß servieren.
Zwei Bierchen in Ehren, schaffe ich auch noch aus ihm heraus zu locken.

Das war jetzt doch mal ein gebührender Abschluss zweier für mich sehr ergiebiger Ausbildungstage meiner, ich sage mal „Geschäftsreise".

Nach zirka einer Stunde bleibt eine kleine Tischrunde übrig. Sozusagen sitzt hier nur noch das Urgestein am Tisch. Mal abwarten, wer heute seine Spendierhosen anhat, also richte ich rein strategisch die Aufmerksamkeit auf mich, indem ich mein leeres Glas etwas auffälliger auf der Tischplatte drehe.
Na, klappt doch, und schon werde ich vom Coach angesprochen.

Kapitel 30

Der Coach:
„Was habe ich gehört, der Herr Schmidt hat noch etwas bei ihnen gut, hörte ich vorhin?"

Ich denke mir, das ist doch bestimmt nur ein Gerücht.
Wenn ich eines weiß, dann von jener Tatsache,
dass eher ich bei den Leuten immer etwas gut habe.
Nicht umgekehrt!
Also antworte ich gelassen darauf:
*„Wer ist denn hier bitteschön `Schmidt`,
den kenne ich gar nicht!"*

Der Coach zeigt mit dem Finger direkt auf Steckling und ruft danach auch den Wirt zu sich an den Tisch, zeigt auf mich und sagt:

„Ach so, das ist übrigens der Herr Helmut F."

Geschmeichelt stehe ich kurz auf und vollbringe eine bescheiden gebeugte Geste der Zurück-Begrüßung, und ich fühle mich wie hoch gelobt, so wie meine Persönlichkeit gerade hier angesagt wird.

Der Wirt kommt noch ein paar Schritte zu mir an den Tisch, er selber hat plötzlich unerwartet und das erste Mal ein Lächeln im Gesicht und sagt:

„Na, Herr F., wie mir zu Ohren kam, sind sie bei weitem der Schlauste dieser Runde?"

Tja, denke ich mir, auch wenn deren Erkenntnis vielleicht etwas spät kommt, so ist es immerhin doch besser als gar nicht.

Es verschlägt mir schon voller Stolz die Sprache, ich muss zwei Mal schlucken und fühle mich sehr geehrt und gleichermaßen endlich gebührend verstanden.

Wie ich hier gerade so im Mittelpunkt stehe und alle um mich herum, spreche ich cool und lässig mit erhobenem Zeigefinger in die Runde:
„Thats my live!"

Dann ergänze ich dazu noch:
„Tja, übersetzt heißt es, das ist mein Leben!
Mal ganz kurz für den, der nicht so viele Sprachen spricht wie ich."

Der Coach spricht mit einem Lächeln im Gesicht zu mir, als wenn er etwas gut zu machen hat. Wahrscheinlich hat der Coach nun endlich begriffen, wer hier der wahre Macher ist.

Coach:
„Herr F., haben Sie vielleicht die Rechnung ohne den Wirt gemacht?"

Da ich das nicht unbedingt verstehen muss, was er meint, es mir gerade so egal vorkommt,
winke ich nur ab. Ich sage:
„Last uns meinen erfolgreichen Tag beenden,
denn es kommt nämlich bald mein Bus."

Mit einem schauspielerisch aufgesetztem Lächeln
füge ich noch kurz hinzu:

*„Eine Getränkerunde auf mich geht leider auch nicht,
denn ich habe dummerweise mein Portemonnaie zu
Hause vergessen."*

Der Wirt nähert sich mir etwas aufdringlich, und ich
bemerke durch den penetranten Zwiebelgeruch
hindurch einen noch unangenehmeren,
muffigen Eigengeruch an ihm.

Der Wirt beginnt von oben herab etwas zu sagen.
Mit dem Hauch seines starken Mundgeruches,
so dass mir in diesem Augenblick nichts mehr
anderes übrig bleibt, dem Würgereiz so zu
entkommen, indem ich meinen Kopf beiseite drehe
und dabei Steckling ungewollt tief in die Augen
schaue. Doch Steckling schaut verlegen weg.

Der Wirt spricht:

*„Helmut F.?
Das F. steht für Sie heute wohl für
'verspäteten Feierabend', glaube ich."*

Mir fällt bei einem überlegenden Lachen natürlich
gleich auf, dass verspätet doch mit „v" beginnt
und nicht mit „F."! Ich bin doch nicht dumm!
Bei meinem, für dieser Situation doch bemerkenswert
freundlichen Korrekturversuch, und gleichzeitig auch
wieder mit erhobenem Zeigefinger, unterbricht mich
dieses bedrohliche Unwesen vehement.

Der richtet sich sogar noch vor mir auf und äußert sich dabei etwas unangemessen laut.
Der Wirt:
„Feierabend jetzt! Aber so ein Pech für Sie,
Herr F., dass Sie Ihr Essen und alles andere,
was Sie die Tage aus der Kantine geschleppt hatten,
nicht bezahlen können!
Sie haben ja dummerweise gerade kein Geld dabei!
Und, der arme Herr Schmidt soll jetzt also leer
ausgehen? Was nun?
Na was machen wir denn jetzt, ...Herr `F.' ?"

Kapitel 31

Drei Stunden später bin ich ich mit dem Kantinenboden endlich fertig.
Ausgerechnet heute soll angeblich der Stichtag sein, den Boden zu fegen, wischen und zu guter Letzt auch noch zu bohnern.
Die beiden Geschirrspüler mussten unbedingt auch noch ausgeräumt werden. Dann sagt dieses Geruchsmonster auch noch zu mir:

„Das Besteck muss aber poliert und ordentlich einsortiert werden, wir sind schließlich eine ordentliche Kantine."

Komisch, wenn ich mich zum Essen hier des Besteckes bedient hatte, konnte ich bisher immer nachvollziehen, was es am vorigen Tag zu essen gab.

Alle Tische und Stühle der Kantine sollte ich noch
auf Drängen dieses Tyrannen abwischen.
Natürlich erledige ich das auf meine Art und Weise,
sonst bin ich ja morgen früh noch nicht fertig!

Und was den Tresen der Essensausgabe angeht,
der glänzt auch wieder in seiner vollen Pracht.
Den hätte mal das Gewerbeamt sehen müssen,
dann hätte der hier aber seinen Laden dicht machen
können!

Damit habe ich ja wohl für heute mehr als meine
Pflicht getan! So rein innerlich hörte ich schon den
Feierabend läuten, aber für meine Person würde ich
einfach mal behaupten, z.B. ein wohl verdientes
Schälchen Schokoladenpudding mit Kirschen,
Sahnehäubchen und Schokoladenblättchen drauf
wäre jetzt mal als Belohnung ein recht verdienter
Abschluss.

Das Schälchen habe ich nämlich vorhin einsam und
alleine im Kühlschrank stehen sehen, als ich diesen
auch noch auswischen sollte.

Da ich gerade alleine bin und mich auch nicht der
Eindruck trügt, als hätte vielleicht irgend jemand
anderes einen Anspruch darauf gestellt, beginne
ich nun vorsichtig, ein paar gespickte Kirschen mit
Schokoladenblättchen vom Pudding zu naschen.

Letztlich stehe ich mit dem großen Löffel da,
weiß gar nicht, wie der in meine Hand kam.
Ich mache mich gierig über die ganze große Schüssel
her.

Ich meine, morgen hätte man den Pudding sowieso niemandem anbieten können.
Ich kratze zum Schluss nicht nur die Schüssel mit dem Löffel aus, sondern lecke sie gierig und restlos sauber.
Nach dem leckeren und wohlverdienten Pudding lasse ich wohl gesättigt meine befriedigten Blicke durch die Kantine kreisen und klopfe mir sporadisch auf die Schultern.

Plötzlich haucht mir ein sachter Windzug ins Gesicht.
Ich schleiche mich vorsichtig dem Wind entgegen, gehe in einen Hinterraum der Küche hinein,
und erblicke ganz hinten in der Ecke die Hintertür.
Diese ist nur einen ganz kleinen Spalt geöffnet.
Ich hatte gerade noch beobachten können, wie der Wirt durch diese Tür ging, ein paar Kartons unter dem Arm nach draußen zum Papiercontainer schleppt.
Das Zerreißen der Pappe übertönt jetzt gerade jegliche Nebengeräusche.

Für mich bedeutet es nur eines:
„Der Weg in die Freiheit offenbart sich mir!
Bloß raus hier, jetzt oder nie!"

Ich bewege mich geräuschlos nach draußen, wie eine Katze, auf sanften Pfoten, um im sicheren Abstand an diesem Unmenschen vorbei zu tigern, mache mir die Farblosigkeit unter dem Tuch des Schatten zu nutze.
Unauffällig wie ein Unsichtbarer erobere ich mir meine Freiheit zurück.

Husche um die Ecke und dann geht es mit riesigen Schritten weiter.
Ich überquere den leeren Vorplatz und tauche letztlich im Schutze der Dunkelheit unter.

Zielstrebig laufe ich mit einem unerhörten Tempo an der Bushaltestelle vorbei, obwohl der Bus gerade dort bereit steht und der Fahrer extra für mich noch einmal die Tür öffnet.
Unbeeindruckt dessen schnelle ich davon, drehe mich auf keinen Fall um, laufe unverzüglich des Weges.
Ich will einfach nur weg, nichts mehr von diesen Monsterwirt und seiner Anstalt wissen.
Meine leere Tüte mit dem Fischkopf habe ich ihm wie eine Art Visitenkarte hinterlassen.
Die kann er ruhig behalten,
passt sowieso viel besser zu ihm.

Ich glaube, inzwischen habe ich genug Land gewonnen, und die gefühlte Gefahrenzone ohne nennenswerte Verluste überwunden.
Gedanklich feile, bastele und säge ich schon etwas an der Geschichte oder zumindest an dem Verlauf meiner erfolgreichen Geschäftsreise zugunsten meiner Persönlichkeit herum.
Ich knüpfe mir gerade daraus schon eine spruchreife Story zu meinen Gunsten, als es plötzlich aus weiter, weiter Ferne hinter mir her schallt:
„Verdammt noch mal!
Verdammt, wo ist mein Pudding!"

Meine flinken Beinen nehmen wieder drastisch an Fahrt auf, als renne ich um mein eigenes Leben bis nach Hause!

Und im Nachhinein muss ich mir mal ganz ehrlich eingestehen, ich renne sogar heute noch panisch durch jeder meinen Träume und wache jede Nacht immer wieder, wie im Angstschweiß gebadet, auf.

ENDE

Ich hoffe, Sie wurden gut unterhalten

Michael K. Jungmann

Autorenvita

Die Geburt des Autors „Michael K. Jungmann"
fand an einem Totensonntag 1959
in Berlin-Wilmersdorf statt.
Viele Jahre später - nach der Hauptschule und der
erfolgreichen Ausbildung zum KFZ-Mechaniker -
betrat er das Sprungbrett zu seiner steilen Karriere im
öffentlichen Dienst.
Er lebt schon seit einigen Jahren auf dem Lande.
Dort kann er recht gelassen seinen kreativen Hobbys
nachgehen, wobei ihm besonders die Fotografie
sogar schon einige Preise eingebracht hat.
Inzwischen wurde er zum stolzen Opa gekrönt.
Jedoch als Autodidakt der ersten Stunde griff er einst
in einem schwachen Moment zum Stift, nur,
um schnell mal etwas korrekt zu formulieren.
Sofort war es um ihn geschehen.
Er entdeckte während des Schreibens seine eigene
Art, sich auszudrücken. So setzte er danach viele
Philosophien in Worte um, schrieb über die Praxis der
Fotografie, auch deutsche Liedtexte entstanden
dabei.
Letztlich schlossen sich sogar büchertaugliche Zeilen
zu einem Gesamtwerk zusammen.

So gelang ihm, im freien Stil geschrieben, sein erstes
Manuskript mit dem Titel

„Margits neue Vergangenheit".

Schon sehr zeitnahe im Anschluss,

„Helmuts schlaue Strategie".